U0513800

千家詩

【宋】谢枋得 编
【清】王相 注
【清】黎恂 注
梁吉平 校点

上海古籍出版社

图书在版编目(CIP)数据

千家诗 /（宋）谢枋得编;（清）王相,（清）黎恂注;梁吉平校点. —上海：上海古籍出版社，2020.9（2024.5 重印）
（国学典藏）
ISBN 978-7-5325-9742-0

Ⅰ.①千… Ⅱ.①谢… ②王… ③黎… ④梁… Ⅲ.①古典诗歌—诗集—中国 Ⅳ.①I222.72

中国版本图书馆 CIP 数据核字(2020)第 168821 号

国学典藏

千家诗

［宋］谢枋得　编

［清］王相　黎恂　注

梁吉平　校点

上海古籍出版社出版发行

（上海市闵行区号景路159弄1-5号A座5F　邮政编码 201101）

（1）网址：www.guji.com.cn

（2）E-mail：guji1@guji.com.cn

（3）易文网网址：www.ewen.co

江阴市机关印刷服务有限公司印刷

开本 890×1240　1/32　印张 7.25　插页 5　字数 201,000

2020 年 9 月第 1 版　2024 年 5 月第 3 次印刷

印数：4,601 —5,700

ISBN 978-7-5325-9742-0

I·3507　定价：38.00 元

前 言

《千家诗》是明清时期家喻户晓的童蒙诗歌经典教材，与《三字经》《百家姓》《千字文》合称“三、百、千、千”，被民间称为“启蒙小四书”。时至今日，《千家诗》与蘅塘退士孙洙所编之《唐诗三百首》仍然是现代儿童古诗启蒙的善本佳选。宋元之后，众多学者曾对《千家诗》进行重订、注解、赏析，又逐渐形成了现今流传的各种《千家诗》注释本。

从宋代至清代，“千家诗”选注本主要有：宋代刘克庄本、宋元间谢枋得本、明末清初王相注本、清代黎恂注本，其中尤以黎恂注本考证为佳①。但目前通行本为托名谢枋得选、王相注的本子，实际上，此通行本《千家诗》的选注也并非一人一时一地之作，其刊印背后有一个或隐或现的庞大作者群，其中包括刘克庄、谢枋得、王相等人。

“千家诗”之名始见于南宋刘克庄之《分门纂类唐宋时贤千家诗选》（以下简称《后村千家诗选》）。刘克庄（1187—1269），字潜夫，号后村，历任工部尚书、龙图阁学士，长于辞赋诗词，为南宋文坛领袖。《后村千家诗选》主要收录唐宋名家五七言律绝千余首，又按诗歌题材与内容分为时令、节候、气候、昼夜、百花等十四门。

钱志熙等学者认为，刘克庄并非《后村千家诗选》的唯一编者，

① 李连昌《〈千家诗〉版本简析》，《贵州文史丛刊》2004年第1期。

此书当是“南宋后期江湖诗学流行时期的一个唐宋近体诗选本”，“其中的五、七言绝句，是以刘克庄选的六种唐宋绝句为基础的，这是全书冠以‘后村先生’编集的原因”。[①] 但以“千家诗”为名，且真正成为影响深远的童蒙读物的是题名谢枋得编选的《千家诗》。谢枋得(1226—1289)，字君直，号叠山，宋理宗宝祐四年(1256)举进士，除教授建宁府。宋亡后誓不仕元。流寓福建建阳期间，以卖卜教书为生，为便于教学，曾编纂《注解选唐诗》(《注解章泉涧泉二先生选唐诗》)等书，并编写《文章轨范》，一时广为流行。古今学者多认为《千家诗》是在《后村千家诗选》基础上精选而成。如《千家诗》约有一半诗篇与《后村千家诗选》相同；《千家诗》与《后村千家诗选》“时令”一门一样，按春、夏、秋、冬编排诗歌；李涉《登山》在各类名家选本中皆题作《题鹤林寺僧室》，唯在《后村千家诗》《诗林广记》中作《登山》(其他诗题差异及比较可参见查屏球之研究)。然现传七言《千家诗》显非谢枋得所编，书中讹误离谱，不大可能出自谢枋得这类博学者之手。查屏球认为可能是谢枋得受业弟子或再传弟子私撰教材借乃师之名刊行，或书贾杂取多家乡塾教材再托名于谢枋得而刊售。到了明代，谢枋得成为朝廷表彰的民族节义之士，影响更大，所以托名谢枋得的七言《千家诗》也就更加流行了[②]。

明清之际，王相在题名谢枋得七言《千家诗》的基础上，再次增补注解五言绝句律诗，故其编注的《千家诗》分为两个部分，第一部分是《增补重订千家诗注解》，收录谢枋得编选的七言《千家诗》，并作注释；第二部分是《新镌五言千家诗笺注》，增选五律及五绝，并作注释。至此，通行本五七言《千家诗注》最终形成，刻本则多署名谢

① 钱志熙《论〈千家诗选〉与刘克庄及江湖诗派的关系》，《北京大学学报(哲学社会科学版)》2013 年第 2 期。

② 查屏球《由流行读物到文化经典再到戏化语料——论“谢枋得解〈千家诗〉”在明代的流行》，《2013 年明代文学国际学术研讨会论文集》，凤凰出版社 2015 年版，第 51 页。

枋得编选、王相校注。合刊本《千家诗注》精选唐宋诗篇，选诗通俗浅近，诗文易于诵读，校注有助童蒙理解，其声誉影响日益扩大。根据丁志武、徐希平的初步统计，宋元之后，《千家诗》的注本有二百四十多种①，其通俗版本多为王相本，这一时期《千家诗》的刊印内容也不断固定下来。二十二卷本《后村千家诗》博采先前诸种类书的编辑方法，最终分门纂类，将众多同主题诗歌选入同一门类。童蒙《千家诗》在后村本基础上再次选编，选辑时仍采取后村春、夏、秋、冬时间顺序，将咏史唱和、山水田园等诗纳入其中，即童蒙《千家诗》将世俗生活分别概括在春、夏、秋、冬四个时间维度中，使得《千家诗》选诗简洁精炼并固定化。同时诗教世俗化使诗教与生活紧密衔接，符合儿童认知发展及教育心理，在不同时代都能够一定程度上契合当时的价值观念。因而，《千家诗》得以在宋元之后流传不衰。即便现代中小学语文教材中耳熟能详的古诗篇目，也多可在《千家诗》中觅得踪影。

由于童蒙教学的需要，宋元之后，除王相外，还有不少塾师或学者为《千家诗》作注，现今可以找到的不同注本还有：明内府彩绘本《明解增和千家诗注》（七言）、明汤显祖《千家诗讲读》（七言）、清贵州黎恂《千家诗注》（七言）、清四川夏世钦《槐轩千家诗解》（五七言）、清山东许士锓《重订千家诗》（五七言）等。其中以黎恂之注本为最佳。黎恂（1785—1863），字雪楼，晚号拙叟，著有《蛉石轩诗文集》《四书纂义》《读史纪要》等书。黎氏认为“俗本《千家诗》传布已久……第原本题目，间与正集不符，作者姓字，亦多舛误。曾有为之注者，虽字解句释，如《四书》讲章然，而于讹舛处毫不考正，事实亦未注明，殊非善本”。故其抄录原诗，重新为《千家诗》作注，详细介

① 丁志军、徐希平《〈千家诗〉的版本流传与编辑特点》，《西南民族大学学报（人文社会科学版）》2012年第4期。

绍作者姓名、里居、官爵，使初学者可诵其诗而知其人。又录前贤对诗之评论，以长人识见、启人悟机。虽然黎恂所采“俗本《千家诗》”为何版本已不可考，但通过其重新校注的《千家诗注》，可以看出，与现今流传王相本或本书所校底本《新注韵对千家诗》选诗基本一致，黎氏所删诗篇则多源自其为童蒙教育所虑，或非所校底本遗漏。“为童蒙计”是黎恂重新编校《千家诗》的第一要义，因此，黎恂仅选编了俗本《千家诗》中的七言绝律，七言虽字数超过五言，但诗词表现力及操作性更强，更易于表达思想情感，所以唐宋诗歌中七言多于五言，童蒙学诗也常自七言律绝始。又如王相本中《宫词》《廷试》《咏华清宫》《清平调词》《上高侍郎》《早朝大明宫》《和贾舍人早朝》等 17 首诗，在内容主题或风格上难以符合儿童认知心理及生活见闻，或为黎氏删诗之因。此外，黎氏还在王相本基础上增添《别董大》《题长安主人壁》《宴城东庄》三首带有童蒙教育意义的世情诗篇。王相本虽然校注通俗易懂，但黎恂本以学者眼光重新审视，发现王相本校注中的较多舛误，其最大价值即在王相本七言诗篇基础上，检阅群书、考源综论，另起炉灶进行雠校增订，或还原其诗创作历程，或汇总名家赏析，阅其校注，如读诗话。

《千家诗》刊行后，逐渐成为明清时期流传最广的蒙学教材之一，这与中国诗教传统及明清出版业的兴盛密不可分。从春秋时期起，中国即是一个诗教国家，“不学《诗》，无以言”，诗教与社会政治经济等休戚相关，同时也浸润到了教育行为中。特别是到了明清时期，众多官刻、坊刻及私刻等争相出版蒙学教材，使得童蒙教材大行于世，其中即有《千家诗》。今天可以考知的宋元之后的《千家诗》选注本多达二百四十馀种，以至于出现《老残游记》所载“方圆二三百里，学堂里用的‘三、百、千、千’，都是小号里贩得去的，一年要销上万本”之情景。《千家诗》的广泛流传，明清时期文献多有载录。明张志淳在《南园漫录》中自述其七八岁时经常看到《出像千家诗》《古文珍宝》二书，但其所选诗文，混杂高下，至其六七十岁年迈之时已经板刻益新，所传益广。《千家诗》受众很广，从应试书生至宫中太监、店仆丫鬟等均有诵读者。明刘若愚《酌中志》记载，《千家诗》是当时内书堂小太监们必读书目。清代潇湘迷津渡者《都是幻》中说某场科举考试第二题令以梅花为题吟诗，即有不少考生抄袭《千家诗》作答。一些富贵人家常家养雏姬，教以歌曲，用作钱树子，间有能诵《千家诗》数首，即为雅品。《千家诗》风靡全国，老少咸宜，一定程度上普及了诗学文化知识，高普及率也使《千家诗》中的诗篇成为世俗娱乐生活的重要内容。如《红楼梦》记录贾府席间行令，行令诗句亦多出自《千家诗》。行令中的曲牌名接《千家诗》，也并非行令者偶一为之或无心之作。正是以《千家诗》取乐，催生了部分以再次辑选《千家诗》为内容的休闲书籍。清无名氏编选的《新刻时尚华筵趣乐谈笑酒令》，书中即编选了官名、骨牌名、破字、顶针等多种《千家诗》酒令。

值得注意的是，《千家诗》在刊印流传过程中，作为蒙学教材，不断增值，在清代版刻中又常与《笠翁对韵》《诗品详注》《神童诗》《百花诗》《二十四孝》《诸诗体要》等诗学或蒙学著作合刻出售，也有以草书、楷书等刊印《千家诗》，以供童蒙仿写练习书法。也有人借名《千家诗》，新编诗集，出现了《国朝千家诗》《醒世千家诗》等续选本、变体本。可见《千家诗》影响之大。

有鉴于众多“千家诗”选本中王相本五七言俱全且流传最广，黎恂本虽仅录七言，但校勘最为精审，故此次整理，以同治癸酉年(1873)刻王相本《新注韵对千家诗》为底本，诗题、诗句文本、诸诗顺序等均采用王相本并参校诗人本集、四库本《全唐诗》等。七言诗部分，先录王相注再录黎恂注，黎恂注以光绪十五年(1889)黎氏家集本《千家诗注》为底本，将二者注释汇编，珠璧联合，以便读者阅读比较。部分七言诗篇黎恂未收录，则只录王相注，黎恂收录但无注解诗篇仅有四首，已在文中加注说明。黎恂本收录而王相本未录诗篇置于七言诗尾。原书中的异体字、俗体字、误刻字一律径改，不出校记。据其他文献补字标以[ ]，亦不出校。王相本、黎恂本与诗人本集在诗题、诗句文本等存在较大差异者，在校记中加以说明，先列王相及黎恂两版本之间差异，继述诗人本集或诗话版本差异。王相本诗人及诗人小传记载有误者在文中径改，亦在校注中说明。最后收录《千家诗》序跋及相关材料，以供读者参考。本书不当之处，敬请方家指正。

梁吉平

2020年6月25日

目　录

七言千家诗卷下

五言千家诗卷上

五言千家诗卷下

附录二 《千家诗》提要、序跋资料辑录

七言千家诗卷上

春日偶成

程　颢

云淡风轻近午天，傍花随柳过前川。
时人不识余心乐，将谓偷闲学少年。

【王相注】

此明道先生自咏其闲居自得之趣。言春日云烟淡荡，风日轻晴。时当近午，天气融和，游玩于花柳之间，凭眺于山川之际，盖即眼前风景，会心自乐。恐时人不识，谓我偷闲学少年之游荡也。

宋，程颢，字伯淳，河南人，谥明道先生，从祀孔子庙庭。

【黎恂注】

程子，名颢，字伯淳，宋河南洛阳人。嘉祐二年进士。神宗朝，以荐为太子中允，罢知扶沟县，责监汝州盐税。哲宗立，召为宗正寺丞，未行，以疾卒，年五十四。文潞公采众论，题其墓曰明道先生。嘉定中，谥曰纯，从祀孔子庙庭。

程子资性过人，充养有道，和粹之气，盎于面背。少厌科举之习，慨然有求道之志，泛滥于诸家，出入于老释，返求诸六经而后得之。弟颐序之曰："周公没，圣人之道不行；孟轲死，圣人之道不传。道不行，百世无善治；学不传，千载无真儒。先生生于千四百年之后，得不传之学于遗经，以兴起斯文为己任，使圣人之道，焕然复明于世，盖自孟子之后，一人而已。"

春日

朱熹

胜日寻芳泗水滨，无边光景一时新。
等闲识得东风面，万紫千红总是春。

【王相注】

寻芳，游春踏翠之意。

泗水，水名，在鲁地。

滨，水涯。

无边，无限也。

当春之时，风光景物，焕然一新。东风荡漾，拂面而来。百花开放，万紫千红，皆是春光点染而成也。

宋，朱熹，字元晦，新安人。封谥徽国文公，从祀孔子庙庭。

【黎恂注】

朱子，名熹，字元晦，后改仲晦，宋建阳人。先世居徽州婺源紫阳山。父松，仕闽，生朱子于尤溪，侨于崇安，徙建阳之考亭，遂家焉，故为建阳人。绍兴十八年进士，为同安主簿，孝宗召对，除枢密院编修，辞不就。后以荐知南康军，调提举浙东常平茶盐事，进直徽猷阁，又除江西提刑，力请祠去，复除秘阁修撰。光宗立，知漳州，又差知潭州、荆湖南路安抚。宁宗时，召入对，除焕章阁待制。韩侂胄用事，落职奉祠，寻致仕。计登第五十年，仕于外者九考，立朝仅四十日。卒之日，大风拔木，洪流崩崖，年七十一，赐谥曰文，赠太师信国公，改徽国公，从祀孔子庙庭。今升列西哲之次。

朱子之学，大要穷理以致其知，反躬以践其实，而以居敬为主。黄幹曰："由孔子而后，曾子、子思继其微，至孟子始著；由孟子而后，周、程、张子继其绝，至朱子而始著。”故论者以为集诸儒之大成。

春 宵[①]

苏 轼

春宵一刻值千金，花有清香月有阴。
歌管楼台声细细，秋千院落夜沉沉。

【王相注】

歌，歌曲也。

管，笙箫也。

秋千，以彩绳系板，悬于架上。女子坐板，用手推送于虚空以为戏也。

春宵美景，一刻之欢，值千金之价。

细细，声之清也。沉沉，夜漏之迟也。甚言春宵之佳。

宋，苏轼，字子瞻，号东坡，眉州人。仕至礼部尚书，谥文忠公。

【黎恂注】

东坡，名轼，字子瞻，宋眉州人。嘉祐二年进士。神宗时，因诗案责黄州团练副使，请得故营地，名之以东坡，筑室居之，因自号东坡居士。哲宗时，累除中书舍人、翰林学士、端明殿学士、礼部尚书，历知密、徐、湖、杭、颍、扬、登、定八州。绍圣初，安置惠州，徙昌化。徽宗立，赦还，提举玉局观，卒于常州，年六十六。高宗时，赠太师，谥文忠。

东坡少与弟辙，师父洵为文，既而得之于天，尝自谓：“作文如行云流水，初无定质，但常行于所当行，止于所不可不止。”虽嬉笑怒骂之辞，皆可

① 明成化本《苏文忠公全集·东坡续集》卷二题作“春夜”。

书而诵之。其体浑涵光芒，雄视百代。弱冠，父子兄弟至京师，一日而声名赫然，动于四方。既而登上第，擢词科，入掌书命，出典方州，器识之闳伟，议论之卓荦，文章之雄隽，政事之精明，皆能以特立之志为之主，而以迈往之气辅之。自为举子至出入侍从，必以爱君为本，忠规谠论，挺挺大节，群臣无出其右，但为小人忌恶挤排，不得大用，且使祸患叠膺耳。

《诗人玉屑》:“杨诚斋论东坡《春宵》诗，与王介甫‘金炉香烬’一首流丽相似，然亦有甲乙。”

城东早春

杨巨源

诗家清景在新春，绿柳才黄半未匀。
若待上林花似锦，出门俱是看花人。

【王相注】

此诗属比喻之体。言宰相求贤助国，当在侧微卑陋之中，如初春柳色才黄而未匀也。若待其人功业显著，则人皆知之。如上林之花，似锦绣之灿烂，谁不知玩爱而羡慕之？以喻为君相者，当识贤才于未遇，而拔之于卑贱之时也。

唐，杨巨源，字景山，蒲东人。贞元间进士，仕至河中少尹。

【黎恂注】

景山，名巨源，唐河中人。贞元五年进士。为张弘靖从事，由秘书郎擢太常博士、礼部员外郎，出为凤翔少尹，后召除国子司业，致仕归，时宰白以为河中少尹，食其禄终身。

春　夜[1]

王安石

金炉香烬漏声残，剪剪轻风阵阵寒。
春色恼人眠不得，月移花影上阑干。

【王相注】

香烬，香成灰烬也。

此诗春夜不眠而有所思也。言香已成灰烬，更漏将尽，当此春夜，轻风剪剪，寒气森森，而无端春色恼乱人心，欲眠不得，惟见月色花阴，斜照于栏杆之上也。

宋，王安石，字介甫，临川人。相神宗，封谥荆国文公。

【黎恂注】

介甫，名安石，宋临川人。庆历二年进士。神宗朝，累除知制诰、翰林学士，拜同中书门下平章事，加尚书左仆射，兼门下侍郎，封荆国公。

介甫少好读书，一过目终身不忘。其属文动笔如飞，初若不经意，既成，见者皆服其精妙，然性情强忮，遇事无可否，自信所见，执意不回。为相时，设青苗、均输、保甲、免役、市易、保马、方田诸新法，赋敛繁重，天下骚然。性不好华腴，自奉至俭，或衣垢不澣，面垢不洗，世多称其贤。苏明允独曰："是不近人情者，鲜不为大奸慝。"作《辨奸论》以刺之。神宗欲命相，问韩琦曰："安石何如？"对曰："安石为翰林学士则有馀，处辅弼之地则不可。"神宗不听，驯致以周官误国殃民。朱子亦曰："安石以文章节义高一世，尤以道德经济为己任。被遇神宗，致位宰相，乃汲汲以财利兵革为先

① 《四部丛刊》景明嘉靖本《临川集》卷三十一、四库本《王荆公诗注》卷四十五题作"夜直"。

务，引用凶邪，排摈忠直，躁迫强戾，使天下之人，嚣然丧其乐生之心。卒之群奸肆虐，流毒四海，至于崇宁、宣和之际，而祸乱极矣。”

初春小雨[①]

韩　愈

天街小雨润如酥，草色遥看近却无。
最是一年春好处，绝胜烟柳满皇都。

【王相注】

此诗极赞春初微雨之细也。酥酒之初熟而味甘滑，以比膏雨润泽万物，如酥之甘滑也。细草方春而未青，沾雨而蔼然，蒙茸润色，远看似青，而近看似无也。初春细雨，烟雾霏霏，绝似含烟之柳带风而斜。田园滋润，草木蒙茂，一年丰稔，皆膏雨之泽也，故曰“春好处”。

唐，韩愈，字退之，昌黎人。仕至礼部尚书，封昌黎伯，谥文公，从祀孔子庙庭。

【黎恂注】

退之，名愈，唐河内南阳人。公尝自称昌黎，《旧唐书》云：“昌黎人。”贞元八年进士。由博士为监察御史，贬阳山令。元和中再为博士，改郎中、史馆修撰、知制诰，迁中书舍人。以讨淮西功，迁刑部侍郎。谏迎佛骨，谪潮州刺史，移袁州。穆宗时，召拜国子祭酒、兵部侍郎，转吏部，改京兆尹，以疾免官，卒。谥曰文，从祀孔子庙庭。

公少读书，日记数千百言，比长，尽通六经、百家学。所为文章，深探本

① 黎恂本、宋蜀刻本《昌黎先生文集》卷十、四库本《全唐诗》卷三百四十四题作“早春呈水部张十八员外”。

原，约六经之旨而成之，粹然一出于正，其《原道》《原性》等篇，奥衍闳深，与孟子、扬雄相表里，至他文造端置辞，刊落陈言，汪洋大肆，要之无抵捂圣人者。没后，学者仰之如泰山北斗。苏子瞻曰："匹夫而为百世师，一言而为天下法。"又曰："文起八代之衰，道济天下之溺。"盖实足以知公云。

《苕溪渔隐丛话》："'天街小雨润如酥'云云，退之《早春》诗也。'荷尽已无擎雨盖'云云，子瞻《初冬》诗也。二诗意同而辞殊，皆曲尽其妙。"

《其二》云："莫道官忙身老大，即无年少逐春心。凭君先到江头看，柳色如今深未深。"

元　日

王安石

爆竹声中一岁除，春风送暖入屠苏。
千门万户曈曈日，总把新桃换旧符。

【王相注】

爆竹，山家以除夜烧竹，竹爆裂之声，山魈闻声，畏惧而远避。

屠苏，美酒名。

曈曈，日初出貌。

桃符，以桃木书符于门，以御鬼也。

岁去春来，春风吹暖，以助酒力之醺也。一岁之始，家家换却桃符，以贺新正。此诗自况其初拜相时，得君行政，除旧布新，而始行己之政令也。

【黎恂注】

《神异经》："西方山中有人，长尺馀，人见之即病，曰'山臊'，畏爆竹声，闻则惊遁。"

《异闻录》:“李畋邻家为山魈所祟,畋令除夕于庭中爆竹数十竿,至晓寂然安帖。”

《荆楚岁时记》:“正月一日,长幼以次拜贺,进屠苏酒。”

陈延之《小品方》:“屠苏酒,华佗方也。元旦饮之,辟不正之气,从少至长,次第饮之。”

《广韵》作“廜廯”。

《风俗通》:“度朔山有大桃树,上古之时,有神荼(音伸舒)、郁垒(音律)昆弟二人,性能执鬼,缚以苇索,执以饲虎。于是县官常以腊除夕,饰桃人,垂苇茭,画虎于门,冀以卫凶也。”

《六帖》:“正月一日,造桃符著户,谓之‘仙木’,百鬼所畏。”

上元侍宴[①]

苏　轼

淡月疏星绕建章,仙风吹下御炉香。
侍臣鹄立通明殿,一朵红云捧玉皇。

【王相注】

建章,宫名。

鹄,水鸟,其立甚正。

此言早朝之时,月淡星稀,御香缥缈,近侍文武臣僚,俨然如鹄,立于通明殿前,若红云簇捧玉皇于九霄之上也。此言天子之尊居九重,臣民瞻之,如在天上也。

---

① 黎恂本题作“上元侍饮楼上”,《四部丛刊》景宋本《东坡诗集注》卷三、明成化本《苏文忠公全集·东坡后集》卷三题作“上元侍饮楼上三首呈同列”。

【黎恂注】

《梦粱录》:“正月十五,汴京大内前,缚山棚,对宣德殿,上御宣德殿楼观灯,令万姓同乐。”

《汉书·武帝纪》:“太初元年,柏梁台灾,于是起建章宫,广为千门万户。”

王[十朋]注:“《翊圣保德传》云:‘张守真朝玉皇大殿,睹其扁曰通明,不晓其旨,因焚香告曰:‘通明之谊,窃所未喻,敢祈真教。’真君曰:‘上帝上升金殿,金之光明,照于帝身,身之光明,照于金殿,光明通彻,故为通明殿。’”

此东坡官礼部尚书时作。《其二》云:“薄雪初消野未耕,卖薪买酒看升平。吾君勤俭倡优拙,自是丰年有笑声。”《其三》云:“老病行穿万马群,九衢人散月纷纷。归来一点残灯在,犹有传柑遗细君。”

立春偶成

张　栻

律回岁晚冰霜少,春到人间草木知。
便觉眼前生意满,东风吹水绿参差[①]。

【王相注】

黄帝命伶伦断竹为筒,以候十二月之气。阳六为律:黄钟、太簇、姑洗、蕤宾、夷则、无射。阴六为吕:大吕、夹钟、仲吕、林钟、南吕、应钟为阴也。立春之时,大吕已终,太簇方始,故曰律回而阳气至也。立春在年前,故曰“岁晚”。

---

① “参差”,黎恂本、四库本《南轩集》卷七、四库本《四朝诗·宋诗》卷七十七、四库本《两宋名贤小集》卷二百十一作“差差”。

冰霜少，阳舒而渐暖也。

阳春渐暖，草木敷荣，万物回春，皆含生意。东风和煦而轻徐吹于水面，其波平浪细，日光荡漾，碧绿参差而动也。

宋，张栻，字敬夫，号南轩，官至修撰。

【黎恂注】

敬夫，名栻，宋广汉人。丞相浚子，以荫补官。孝宗朝，历官起居郎、左司员外郎、秘阁修撰，历知静江府、江陵府，经略安抚广南西路、荆湖北路安抚使。丐祠，以疾卒，年四十八。学者称南轩先生。嘉定中，谥曰宣，从祀孔子庙庭。

南轩颖悟夙成，自幼学所教，莫非仁义忠孝之实。长师胡宏，宏称之曰："圣门有人矣。"益自奋励，以古圣贤自期，为人表里洞然，勇于从义。每进对必自盟诸心，不以人主之意，辄有所随顺。病亟，犹手疏劝上亲君子，远小人，信任防一己之偏，好恶公天下之理，天下传诵之。朱子每言："己之学，乃铢积寸累而成，若敬夫则大本卓然，先有见者也。"

打球图①

晁说之②

阊阖千门万户开，三郎沉醉打球回。
九龄已老韩休死，无复明朝谏疏来。

---

① 黎恂本、四库本《两宋名贤小集》卷六十七题作"明皇打球图"，《四部丛刊续编》景旧钞本《嵩山文集》卷六题作"题明王打球图"。

② 王相本原作"晁无咎"，作者小传为"宋，晁无咎，字补之，一字景迁，官至秘阁正字兼右补阙"，误。据黎恂本、四库本《两宋名贤小集》、《四部丛刊续编》景旧钞本《嵩山文集》改为"晁说之"。晁说之小传详见黎恂注。

【王相注】

此观《明皇打球图》而作也。

三郎，唐明皇也。明皇天宝之后，嬖宠杨妃与妃之诸姊妹秦国、韩国、虢国夫人，淫佚无度，酒醉击球以为乐。

张九龄、韩休二宰相皆直臣，尝谏明皇宴乐，帝改容谢之。于时九龄已老乞休，韩休以疾卒于位，帝无复忌惮而滋乐不堪，以致失国。盖伤其无有直谏之臣，继二贤之后匡正其君也。

【黎恂注】

景迂，名说之，字以道，号景迂生，宋济州巨野人。元丰五年进士。苏轼以著述荐，靖康初，为著作郎、中书舍人，兼东宫詹事。建炎初，终徽猷阁待制，有《景迂集》。

阊阖，一作“宫殿”。

万户，一作“白昼”。

无复明朝，一作“明日应无”。

俗本云倪景迂作，误。

三郎，唐明皇小字。

张九龄，字子寿，韶州曲江人。官中书令，謇謇有人臣节，议论必极言得失，尝作《千秋金鉴录》以讽谏。帝每用人，必曰：“风度能如九龄否?”以直道贬黜。久之，封始兴县伯。卒，谥文献。

韩休，京兆长安人，官同中书门下平章事，峭直敢言，玄宗稍有过差，必视左右曰：“韩休知否?”已而疏辄至。后罢，迁太子太师。卒，谥文忠。

宫　词

王　建[1]

金殿当头紫阁重，仙人掌上玉芙蓉。
太平天子朝元日，五色云车驾六龙。

【王相注】

此拟元旦唐人宫词也。唐有朝元阁，天子元旦朝上帝之所。有两柱，柱极高数丈，上有金仙人捧芙蓉盘以承天露。

六龙，天子所居。《易》云："时乘六龙以御天也。"

五色云车，言天子銮舆，光华灿烂，御至尊于九重之上也。

廷　试

夏　竦[2]

殿上衮衣明日月，砚中旗影动龙蛇。
纵横礼乐三千字，独对丹墀日未斜。

---

① 王相本原作"林洪"，作者小传为"宋，林洪，字梦屏，莆田人，有《宫词》百首，选其二首"，误。据南宋刻本《唐百家诗选》卷十三、明嘉靖刻本《万首唐人绝句诗》卷三十一、四库本《王司马集》卷八、四库本《全唐诗》卷三百二改为"王建"。王建小传改为：唐，王建，字仲初，颍川人。大历进士。有《宫词》百首。

② 王相本原题作"《宫词》其二"，作者名作"前人（林洪）"，误。据四库本《文庄集》卷三十六、四库本《宋诗纪事》卷九、四库本《两宋名贤小集》卷二十二改为夏竦《廷试》。作者小传改为：宋，夏竦，字子乔，江州德安人。官礼部郎中、龙图阁学士等职。有《文庄集》。

【王相注】

此言天子临轩策士也。

衮衣，天子之服。

士初入朝对策时，得瞻仰天颜，如日月之明也。对策于丹墀，侍卫旌旗之影，摇影于砚水之中，如龙蛇之动也。纵横礼乐，言对策于君前，所言皆礼乐刑政之大纲，而其字三千之言。

独对于丹墀之下，文成而日尚未斜也。宋时有特荐之科，对策称旨者，特赐进士及第，故曰“独对”。

咏华清宫

杜　常[①]

行尽江南数十程，晓风残月入华清。
朝元阁上西风急，都入长杨作雨声。

【王相注】

此咏亡陈之故宫也。

朝元阁，在华清宫内。

江南，陈国旧宫存焉，隋炀帝复修之，以备临幸者。

杜常奉使过江南，晓行残月犹存，西风忽变而作雨，瞻望故国而作此诗。

长杨，殿名，陈后主仿汉长杨宫而为之。

---

① 王相本原作“王建”，作者小传为“王建，字仲初，颍州人。大历进士。有《宫词》一百首”，误。据四库本《全唐诗》卷七百三十一（杜常为宋人，《全唐诗》记为唐末诗人）、清钞本《宋诗拾遗》卷五改为“杜常”。杜常小传改为：宋，杜常，字正甫，卫州人。工部尚书。

清平调

李　白

云想衣裳花想容，春风拂槛露华浓。
若非群玉山头见，会向瑶台月下逢。

【王相注】

唐玄宗与杨贵妃于沉香亭上宴赏牡丹，召李白作《清平调词》三首，谱入乐府，此其一也。

此题咏牡丹，兼咏妃子。

轻云似衣，名花似貌，妃子之美也。

春风拂槛，朝露含英，牡丹之艳也。

对美女而玩名花，宴乐于深宫之内，其景不啻群玉山头、瑶台月下也。

群玉、瑶台，乃王母会群仙之处，极言其盛也。

唐，李白，字太白，唐宗室。仕至翰林院学士。

题邸间壁

郑　会[①]

酴醾香梦怯春寒，翠掩重门燕子闲。
敲断玉钗红烛冷，计程应说到常山。

---

① 王相本原作"郑谷"，作者小传为"唐，郑谷，字子愚，号亦山，袁州宜春人。兴启中进士，仕至都官郎"，误。据黎恂本、四库本《宋诗纪事》卷六十四、四库本《宋艺圃集》卷十四、明万历刻本《六语·谶语》卷五改为"郑会"。郑会小传详见黎恂注。

【王相注】

酴醾，一花三叶，其香清远。

玉钗，烛花也。

常山，邑名。此郑谷[①]家于宜春，旅行再宿而至常山，忆家而拟作闺中思己之词也。

酴醾飘香于梦中，则夜色清幽。重门静掩于庭院，则燕子闲寂。烛花敲断，烬落而更深。忆所怀之人，计其行程，应说已至常之邸舍矣。

【黎恂注】

亦山，名会，字有极，号亦山，南宋时人。

唐置常山县，属衢州，宋因之，后改为信安县，元复旧。常山，在县东三十里，县以此名。绝顶有湖，广数亩，巨石环绕，俨如城郭。王象之云："即信安岭。"今自衢州经信州达于鄱阳，必由常山，所谓岭路也。

绝　句

杜　甫

两个黄鹂鸣翠柳，一行白鹭上青天。
窗含西岭千秋雪，门泊东吴万里船。

【王相注】

黄鹂，莺也。

鹭鸶，水鸟。

此言春初之景。黄鹂对对，飞鸣翠柳之中；白鹭翩翩，翀举青天之上。

① 王相将此诗作者误为"郑谷"，故注其"家于宜春"。郑会实为江西贵溪人。

开窗而对西岭，千秋之积雪存焉；出门而望河干，则东吴之舟船泊焉。皆眼前自得之景也。

唐，杜甫，字子美，京兆杜陵人。仕至工部郎中、左拾遗，与李太白同时，为一代诗人之冠。

【黎恂注】

子美，名甫，唐襄阳人。曾祖依艺，位终巩令，因居巩洛。开元末，应进士不第。天宝中，献《三大礼赋》，明皇奇之，召试文章，授京兆府兵曹参军。安禄山陷京师，肃宗即位灵武，甫自贼中遁赴行在，拜左拾遗。以论救房琯，出为华州司功。弃官客秦州，寓居同谷县，旋入蜀至成都。依严武，卜居浣花草堂，武表为参谋，检校工部员外郎。武卒，携家寓夔州，又下峡至江陵，入衡州，寓居耒阳，卒，年五十九。元和中，归葬偃师首阳山。

少与李白齐名，时称"李杜"。元微之叙曰："子美诗，上薄风雅，下该沈宋，言夺苏李，气吞曹刘，掩颜谢之孤高，杂徐庾之流丽，尽得古人之体势，而兼今人之所独专。诗人以来，未有如子美者。"宋子京《新唐书·传》赞曰："唐初，宋之问、沈佺期等，研揣声音，浮切不差，号为律诗，竞相沿袭。逮开元间，稍裁以雅正，人得一概，皆自名所长。至甫，浑涵汪茫，千汇万状，兼古今而有之。他人不足，甫乃厌馀，残膏剩馥，沾丐后人多矣！昌黎韩愈于文章慎许可，至于歌诗，独推曰：'李杜文章在，光焰万丈长。'诚可信云。"

《名山记》："青城山，当益州之西南，蜀郡之西北，一名青城都。"祝穆曰："青城山，左连大面，右接鹤鸣，又西南为便傍山，当吐蕃之界，溪谷深邃，夏积冰雪，天所以限中外也。"

《吴船录》："蜀人之入吴者，皆从合江亭登舟，其西则万里桥也。"

《寰宇记》："昔费祎聘吴，诸葛武侯送之至此，曰：'万里之行，始于此矣。'桥因以名。"

海　棠

苏　轼

东风袅袅泛崇光，香雾空蒙月转廊[①]。
只恐夜深花睡去，故[②]烧高烛照红妆。

【王相注】

袅袅，风细貌。

泛崇光，月光高明淡荡之貌。

昔明皇召贵妃同宴，而妃宿酒未醒，帝曰："海棠睡未足耳。"此诗借意以咏海棠。言东风漾荡，月转回廊，我欲玩名花，恐花欲睡，故烧高烛以玩花容而为宴乐也。

【黎恂注】

《冷斋夜话》："东坡《海棠》诗'只恐夜深花睡去'二句，事见《杨妃外传》，云：'明皇登沉香亭诏妃子，妃子时卯酒未醒，命高力士从侍儿扶掖而至，妃子醉歃残妆，钗横鬓乱，不能再拜。'明皇曰：'是岂妃子醉，海棠睡未足耳！'"又云："先生尝作大字如掌书此。"

与集本不同，"袅袅"作"渺渺"，"空蒙"作"霏霏"。又集本末句作"高烧银烛照红妆"。

---

① "空蒙"，明成化本《苏文忠公全集・东坡集》卷十三、《四部丛刊》景宋本《东坡诗集注》卷十四作"霏霏"。

② "故"，《四部丛刊》景宋本《东坡诗集注》卷十四作"高"，明成化本《苏文忠公全集・东坡集》卷十三作"更"。

清　明

杜　牧

清明时节雨纷纷，路上行人欲断魂。
借问酒家何处有，牧童遥指杏花村。

【王相注】

此清明遇雨而作也。游人遇雨，衣履俱湿，行倦而兴败矣。神魂散乱，思入酒家暂息而未能也。故见牧童而问酒家，遥望杏花深处而指示之也。

唐，杜牧，字牧之，京兆人。太和进士，中书舍人。一号樊川。

【黎恂注】

牧之，名牧，唐京兆万年人。太和二年进士。为牛僧孺淮南节度府掌书记，擢监察御史，累迁左补阙、史馆修撰，历黄、池、睦三州刺史，入为司勋员外郎，兼史职，复乞为湖州刺史。逾年，拜考功郎中、知制诰，迁中书舍人，卒。其诗情致豪迈，人号为小杜，以别甫云。有《樊川集》。

《潜确类书》："池州府秀山门外有杏花村，杜牧之诗'遥指杏花村'，即此。"

清　明

王禹偁

无花无酒过清明，兴味萧然似野僧。
昨日邻家乞新火，晓窗分与读书灯。

【王相注】

新火，寒食禁烟而钻榆柳之木，更取新火也。

言读书贫士遇佳节而无花无酒，如山僧之萧索也。禁烟无火，乞得邻家新钻之火，鸡鸣而起，分照于读书之灯而已。

宋，王禹偁，字元之，巨野人，官至学士。

【黎恂注】

元之，名禹偁，宋济州巨野人。世为农家，九岁能文。太平兴国八年进士。太宗时，历官右拾遗、左司谏、知制诰、翰林学士，出知滁州、黄州，徙蕲州，卒。

元之词笔敏赡，遇事敢言，颇为流俗所不容，故屡见摈斥。

《西清诗话》："王元之父本磨家。毕士安为州从事，元之代其父输面至公宇。立庭下，士安方命诸子属句，云：'鹦鹉能言宁比凤。'元之抗声曰：'蜘蛛虽巧不如蚕。'文简曰：'子精神满腹，将且名世。'后与之接武朝廷。"

《渔隐丛话》："王元之《锡宴清明日》绝句云：'宴罢归来日欲斜，平康坊里那人家。几多红袖迎门笑，争乞钗头利市花。'《清明》绝句'无花无酒'云云，二诗何况味不同如此，亦可见老少情怀之异也。"

《宋诗纪事》载此诗为"魏野"作。

社　日[①]

张　演

鹅湖山下稻粱肥，豚栅鸡栖对掩扉。
桑柘影斜春社散，家家扶得醉人归。

---

① 黎恂本、四库本《全唐诗》卷六百、四库本《唐百家诗选》卷十九题作"社日村居"。

【王相注】

此言春社之乐也。鹅湖，在广信铅山县。其地两稻而无麦，故方仲春社日，而稻粱已肥也。

豚，小猪也。栅，猪圈也。

豚归于栅，鸡宿于埘，桑柘之木，其影疏斜，而日将暮矣。时春社之宴方散，则见饮酒之人皆扶醉而归矣。

唐，张演，字裕之。

【黎恂注】

演，唐人，咸通十三年及第。

此诗一称为王驾作。

栅，一作“穽”。栖，一作“埘”。对，一作“半”。

江西广信府铅山县东北十里，山上有湖，生荷，旧名荷湖山，后有龚氏畜鹅于此，因改鹅湖山。

石珤《社日》诗：“燕子不来花不语，绿芜寒雀共斜曛。”又是一番景象。

寒　食

韩　翃

春城无处不飞花，寒食东风御柳斜。
日暮汉宫传蜡烛，轻烟散入五侯家。

【王相注】

此咏宫中寒食也。清明前一日，谓之寒食，即禁烟节也。

五侯，汉成帝时，封舅王谭、王商、王立、王根、王逢时皆为侯，时人谓之“五侯”。

汉制，禁烟节，宫中钻新火燃烛，散于贵戚之家。此诗用汉事咏本朝仿古禁烟，传烛于贵戚之臣也。

唐，韩翃，字君平，南阳人。天宝进士，驾部郎中，知制诰。时有与翃同名者，亦为郎中，[知制诰]命下，吏部以两韩翃名上，德宗御批"春城无处不飞花"四句，曰："与此韩翃。"

【黎恂注】

君平，名翃，唐南阳人。天宝十三载进士。建中初，以诗受知德宗，除驾部郎中、知制诰，擢中书舍人，卒。

翃与钱起、卢纶辈，号大历十才子，为诗兴致繁富，一篇一咏，朝野珍之。

《汉书·成帝纪》："建始元年，赐舅王谭、王商、王立、王根、王逄时，爵关内侯，时称'五侯'。"

《全唐诗话》："德宗时，制诰阙人，中书请之，曰：'与韩翃。'时有同姓名者，又具二人同进。御批曰'春城无处不飞花'云云，又批曰：'与此韩翃。'"

江南春

杜　牧

千里莺啼绿映红，水村山郭酒旗风。
南朝四百八十寺，多少楼台烟雨中。

【王相注】

此言江南春色之丽也。千里莺啼，园林相接，红绿相映，而水村山城，旗亭酒肆，相望而鳞次。南朝自梁时大兴佛，僧寺四百八十，迄今犹盛。楼台殿宇之多，烟林花雨之景，而六朝佳丽，宛然犹在目前也。

上高侍郎[①]

高　蟾

天上碧桃和露种，日边红杏倚云栽。
芙蓉生在秋江上，不向东风怨未开。

【王相注】

此以芙蓉自喻也。天上碧桃，日边红杏，以比乘时得意之人，藉皇家雨露之恩而贵也。芙蓉生于江上，方春百花开放，芙蓉寂然自守，不怨东风之不及我也。至秋，百花摇落，秋江之芙蓉，独拒霜而开花，彼碧桃红杏又安在哉？

唐，高蟾，渤海人，官御史中丞。

侍郎，高骈也。

绝　句

僧志南

古木阴中系短篷，杖藜扶我过桥东。
沾衣欲湿杏花雨，吹面不寒杨柳风。

【王相注】

短篷，小舟有篷，系于岸边古木之阴也。

---

① 明嘉靖刻本《万首唐人绝句诗》卷二十、四库本《全唐诗》卷六六八题作“下第后上永崇高侍郎”。

藜，草名，其茎至坚，可为杖者也。

春日时雨时晴，杏花开时，小雨沾衣而欲湿。杨柳风至柔，当春吹面，不觉其寒。此春游之诗也。

志南，南宋僧。

【黎恂注】

志南，南宋诗僧，俗本作“志高”，误。

《柳溪近录》：“僧志南能诗，朱文公尝跋其卷云：‘南诗清丽有馀，格力闲暇，无蔬笋气，如“沾衣”云云。余深爱之。’作书荐至袁梅岩，袁有诗云：‘上人解作风骚话，云谷书来特地夸。杨柳杏花风雨后，不知诗轴在谁家。’”

游小园不值

叶绍翁[①]

应嫌屐齿印苍苔，十扣柴扉九不开。
春色满园关不住，一枝红杏出墙来。

【王相注】

屐齿踏破苍苔之印，扣柴扉而屡次不开，主人不在而空返。园墙关而春色难关，一枝红杏露出园墙之外也。

【黎恂注】

靖逸，名绍翁，字嗣宗，建安人。有《靖逸小集》《四朝闻见录》。

---

① 王相本原作“叶适”，作者小传为“宋，叶适，字清逸，号木心，仕至秘阁学士”，误。据黎恂本、四库本《四朝诗·宋诗》卷七十二、四库本《宋艺圃集》卷十四改为“叶绍翁”。叶绍翁小传详见黎恂注。

黄顺之佑甫《送靖逸》诗云:“佳人抱书去,西湖失颜色。”可见其风雅矣。

《归田诗话》:“陈简斋诗云:‘客子光阴诗卷里,杏花消息雨声中。’陆放翁诗云:‘小楼一夜听春雨,深巷明朝卖杏花。’皆佳句也,惜全篇不称。叶靖逸诗:‘春色满园关不住,一枝红杏出墙来。’戴石屏诗:‘一冬天气如春暖,昨日街头卖杏花。’句意亦佳,可以追及之。”

客中行

李　白

兰陵美酒郁金香,玉碗盛来琥珀光。
但使主人能醉客,不知何处是他乡。

【王相注】

兰陵,隶兖州。

郁金,香草。酿黍为酒,和郁金而煮之,其色如琥珀。

此太白客中饮酒而作。言但有主人留连欢饮,以畅其旅怀,则不知异乡之为苦也。

题　屏[①]

刘季孙

呢喃燕子语梁间,底事来惊梦里闲?
说与傍人浑不解,杖藜携酒看芝山。

---

① 黎恂本、四库本《宋诗纪事》卷三十题作“题饶州酒务厅屏”。

【王相注】

呢喃，燕语之声，绕于梁间之垒。

底事，何事也。

幽人昼眠，闻燕语而惊回春梦也。幽闲自得之趣，未可对人言。呼童命酒，杖藜而看芝山之景也。

刘季孙，宋人。

【黎恂注】

景文，名季孙，宋人。

《东都事略》："刘平，祥符人。任侠，善弓马，举进士，为御史，言事，丁谓恶之，出知邠州。元昊反，出斗被执见杀。子庆孙、宜孙、昌孙、贻孙、孝孙、季孙，咸赐官。苏轼为兵部尚书，奏言季孙工诗能文，至于忠义勇烈，有平之风。"

《清波杂志》："刘季孙初以左班殿直监饶州酒务，题小诗于治所壁间。王荆公按行见之，大加称赏，遂檄权本州教授。芝山，乃饶州近城僧寺。池阳刻本乃改'芝山'为'前山'，一字不审，乃失全篇之意。"

《长公外纪》："东坡守钱塘，景文为东南将领，佐公开西湖，日游万松岭以至新堤。东坡守颍州，景文过之，坡集多与酬唱留别诗。"

饶州，汉属豫章郡，孙吴时，分置鄱阳郡，隋时改置饶州，以物产丰饶而名。芝山，在饶州府城北十里，形若负扆，为近郭之胜，本名土素山，唐龙朔初，山岭产芝，因名，郡别名芝城以此。

漫　兴

杜　甫

肠断春江欲尽头，杖藜徐步立芳洲。
颠狂柳絮随风舞，轻薄桃花逐水流。

【王相注】

言春江景物芳妍，而三春欲尽，宁无伤感乎？闲扶藜杖而立江头芳草之上，但见颠狂之柳絮，随风飘舞，轻薄之桃红，逐水东流，不管春光之去住，一任愁客之断肠也。

【黎恂注】

原题绝句《漫兴》九首。

《杜臆》："兴之所到，率然而成，竹枝、乐府之变体也。"

《冷斋夜话》："'漫兴'当作'漫与'，言即景率意之作也。"

庆全庵桃花

谢枋得

寻得桃源好避秦，桃红又是[①]一年春。
花飞莫遣随流水，怕有渔郎来问津。

【王相注】

桃源，在常德府武陵县。

晋有渔人王道真，沿溪捕鱼，见溪上流有桃花逐水而来，因逆流而上，寻至洞口入，见桑麻鸡犬，桃花相映，平生未历，不知何境。问其土人，谓曰："吾等先世避秦之乱，来此居住，不知几何岁月，亦不知是何朝代。男耕女织，不与人世相通。君何为至此？"道真辞归，以告太守，使数十人随访之，竟迷失其处。

先生见桃花，而忆桃源之人避秦而隐。但见桃花开，始知一岁之春，无历

① "是"，黎恂本、四库本《宋诗纪事》卷六十七、《四部丛刊·续编》景明本《叠山集》卷一作"见"。

可纪也。使我居之，当花飞时，不使之随流入溪，恐有渔郎见之，来问津渡也。

宋，谢枋得，字君直，号叠山，仕至江西宣谕使。宋亡，完节。

【黎恂注】

叠山，名枋得，字君直，宋信州弋阳人。宝祐四年进士。观书五行俱下，一览终身不忘。为人豪爽，以忠义自任。咸淳中，为江东提刑、江西招谕使。帝㬎时，知信州，起义兵，军败，变姓名入建宁山中，已而卖卜建阳市。元学士程文海荐之，不起。丞相忙兀台将旨诏之，辞曰："上有尧、舜，下有巢、由，枋得姓名不祥，不敢赴诏。"尚书留梦炎荐之，遗以书曰："吾年六十馀，所欠一死耳，岂复有他志哉？"终不行，参政魏天祐见时方求材，欲荐之以为功，叠山傲岸不为礼。天祐怒，迫胁至燕，日惟食菜果，病，迁悯忠寺。留梦炎使医持药、杂米饮进之，怒曰："吾欲死，汝乃欲生我耶？"不食而死。门人诔之曰文节先生。有《叠山集》。

陶渊明《桃花源记》："晋太元中，武陵人捕鱼为业，缘溪行，忘路之远近。忽逢桃花林，夹岸数百步，中无杂树，芳草鲜美，落英缤纷。前行，得一山，山有小口，舍船，从口入。其中阡陌交通，鸡犬相闻。男女衣着，悉如外人。自云先世避秦时乱，来此绝境，不复出焉，遂与外人间隔。乃不知有汉，无论魏晋。"

玄都观桃花[1]

刘禹锡

紫陌红尘拂面来，无人不道看花回。
玄都观里桃千树，尽是刘郎去后栽。

---

① 黎恂本、《四部丛刊》景宋本《刘梦得文集》卷四、四库本《全唐诗》卷三百六十五作"元和十一年，自朗州召至京，戏赠看花诸君子"。

【王相注】

紫陌红尘,长安春色之丽,看花游人众多。玄都观桃花千树,指在朝之官。刘郎,自喻也。言满朝之人,皆吾去后而升进者。

刘禹锡,字梦得。顺宗时为屯田员外郎,坐王叔文党,贬朗州司马。宪宗元和十年,以恩召还,游玄都观而作此诗。时相恶其讥讽,再贬播州刺史[①]。

【黎恂注】

梦得,名禹锡,唐彭城人。贞元九年进士。为监察御史,转屯田员外郎。坐王叔文党,贬连州刺史,在道,贬朗州司马。居十年,召还,以作《玄都观》诗,执政不悦,复出刺播州,改连州,徙夔、和二州,征入为主客郎中,又出分司东都,仍荐为礼部郎中、集贤直学士,出刺苏州,迁太子宾客分司。会昌时,加检校礼部尚书,卒。

《长安志》:"京城朱雀街,次南崇业坊玄都观,隋开皇二年,自长安故城徙通道观于此,改名玄都观,东与大兴善寺相比。初,宇文恺置都,以朱雀街南北尽郭有六条高坡,象乾卦,故于九二置宫殿,以当帝王之居。九三立百司,以象君子之数。九五不欲常人居之,故置此观及兴善寺以镇之。"

再游玄都观

刘禹锡

百亩庭中半是苔,桃花净尽菜花开。
种桃道士归何处,前度刘郎今又来。

---

① 王相本作者小传原为"刘禹锡,字梦得。顺宗时为考功员外郎,坐王叔文党,贬朗州司马。德宗贞元初,以恩召还,为主客郎,游玄都观而作此诗。时相恶其讥讽,再贬播州司马",讹误颇多,据惧盈斋本《旧唐书》卷一百六十改。

【王相注】

禹锡再游时，桃花已尽。种桃之蹊，半是苍苔而菜花满径矣。种桃道士，比先年宰相已去，而吾幸得又还朝也。

禹锡，大和二年复以主客郎中召还[1]，游玄都观而再作此诗。时宰相又恶之，复贬连州司马。至宪宗时，裴度为相，始著为礼部郎中[2]。去前为礼部尚书，时已三十年矣，遂卒于位，赠户部尚书。

【黎恂注】

净，一作“开”，一作“落”。

《唐书》：“禹锡素善韦执谊、王叔文。叔文得幸，太子继位后，朝廷秘策，多出叔文，引禹锡与议禁中，擢屯田员外郎，颇藉势中伤士类。叔文败，禹锡贬连州刺史，未至，斥郎州司马，久之，召还。宰相欲任南省郎，而禹锡作《玄都观看花君子》诗，语讥忿，当路者不喜，出为播州刺史。诏下，御史中丞裴度言：‘播极远，猿狖所宅，非人所居。禹锡母年八十馀，当与其子死别。’乃易连州，又徙夔州，又由和州刺史入为主客郎中，复作《游玄都观》诗，且言始谪十年，还京师，道士植桃，其盛若霞，又十四年过之，无复一存，惟兔葵、燕麦动摇春风耳，以诋权近，闻者益薄其行。”

滁州西涧

韦应物

独怜幽草涧边生，上[3]有黄鹂深树鸣。
春潮带雨晚来急，野渡无人舟自横。

---

① 王相本原注为“贞元中复以祠部郎中召还”，误。据惧盈斋本《旧唐书》卷一百六十改。

② 王相本原注为“考功郎中”，误。据惧盈斋本《旧唐书》卷一百六十改。

③ “上”，黎恂本作“尚”。

【王相注】

此亦托讽之诗。草生涧边，喻君子生不遇时。鹂鸣深树，讥小人谗佞而在位。春水本急，遇雨而涨，又当晚潮之时，其急更甚，喻时之将乱也。野渡有舟，而无人运济，喻君子隐居山林，无人举而用之也。

唐，韦应物，京兆人。历左司郎中、苏州刺史。一称韦苏州。

【黎恂注】

韦名应物，唐京兆长安人。少以三卫郎事明皇，渔阳乱后，流落失职，乃更折节读书。永泰中，迁洛阳丞，被讼弃官，起为鄠令。大历十四年，除栎阳令，复以疾谢去。建中二年，拜比部员外郎，出为滁州刺史。久之，调江州，追赴阙，改左司郎中，复出为苏州刺史。太和中，以太仆少卿兼御史中丞，为盐铁转运江淮留后，年九十馀矣，不知其所终。应物性高洁，所在焚香扫地而坐，唯顾况、刘长卿、邱丹、秦系、皎然之俦，得厕宾客，与之酬唱。其诗闲澹简远，人比之陶潜，称陶韦云。

行，一作“生”。

树，一作“处”。

俗本“尚”作“上”。

滁州，古扬州之域，隋初为滁州。

西涧，在滁州城西，俗名马土河。

花　影

谢枋得[①]

重重叠叠上瑶台，几度呼童扫不开。

① 王相本、黎恂本原作“苏轼”，误。据《四部丛刊续编》景明本《叠山集》卷二、四库本《四朝诗·宋诗》卷七十四改为“谢枋得”，谢枋得小传详见《庆全庵桃花》黎恂注。

刚被太阳收拾去，却教明月送将来。

【王相注】

花阴重叠，映于瑶台之上，以比小人在高位也。

扫不开，言虽有直臣，攻之不去也。

太阳落则花影全无，犹神宗崩时，而熙、丰小人俱贬谪也。明月升而花影复来，言宣仁崩而小人复夤缘以进也。此伤小人在位而不能去之之意也。

【黎恂注】

此诗《苏集》不载。

北　山

王安石

北山输绿涨横陂，直堑回塘滟滟时。
细数落花因坐久，缓寻芳草得归迟。

【王相注】

涨，泛滥也。

滟，水光莹也。

此诗荆公居白下娱老而闲行之作。北山，在麒麟门外，公之别业在焉。公遇暇时，往来于钟山、天印、回塘、直堑之间，遇名花即席地而坐，逢芳草则枕石而眠，不知其坐久而归迟也。

【黎恂注】

《藏海诗话》:“细数落花,缓寻芳草,其话轻清,因坐久得归迟,其语典重,以轻清配典重,所以不堕唐末人句法中,盖唐末人诗轻佻耳!”

《三山老人语录》云:“欧阳公‘静爱竹时来野寺,独寻春偶过溪桥’,与荆公‘细数落花’二联,皆状闲适,而王为工。”按:尧夫诗“因随芳草行来远,为爱清波归去迟”,语意亦相似。

湖　上

徐元杰

花开红树乱莺啼,草长平湖白鹭飞。
风日晴和人意好,夕阳箫鼓几船归。

【王相注】

此咏西湖之作。湖上花开,莺啼红树,湖边草长,白鹭群飞。风日晴和,游人络绎而舒畅。夕阳西下,画船歌吹而归来。西湖景色真堪爱也!

元杰,宋人。

【黎恂注】

俗本作《湖景》。

仁伯,名元杰,宋信州上饶人。绍定五年进士。历著作佐郎、知南剑州、崇政殿说书,进太常少卿,兼给事中、国子祭酒,卒。

仁伯幼颖悟,诵书日数千言,师事真德秀,立朝忠悬直言,不避权势。每裁书至宗社隐忧,辄阁笔挥涕,书就,随削稿。忽得暴疾,指爪皆裂而卒。举朝相顾骇泣,帝亦震悼,太学诸生伏阙讼冤,台谏交章论奏。有旨付临安府,逮医人等鞫治,狱迄无成。理宗厚恤其家,赐谥忠愍。

漫　兴

杜　甫

糁径杨花铺白毡，点溪荷叶叠青钱。
笋根稚子无人见，沙上凫雏傍母眠。

【王相注】

此咏暮春之景也。杨花飘落，白如毡之糁径。荷叶初生，小如钱之点溪。笋初生而稚芽穿地，细而难见。凫雏，水鸭之小者，沙间傍母而眠。皆眼前佳景也。

【黎恂注】

原题《绝句漫兴九首》。

《冷斋夜话》："'笋根稚子无人见'，世不解何等语。唐人《食笋》诗：'稚子脱锦绷，骈头玉香滑。'则稚子为笋明矣。"《桐江夜活》："冷斋以'稚子'便作'笋'，引唐人诗为证，谬甚！少陵诗本'笋根雉子无人见'，今误以'雉'为'稚'，盖笋生乃雉哺子之时，言雉子之小，在竹间人不能见故也。"赵氏曰："汉《铙歌》有《雉子斑》，又雉性好伏，其子身小，在笋旁难见，世本讹作'稚子'，遂起纷纷之说。"

春　晴

王　驾

雨前初见花间蕊，雨后全无叶底花。
蜂蝶纷纷过墙去，却疑春色在邻家。

【王相注】

此言雨后残春也。未雨之前，初见花间结蕊。迨雨久而始晴，则见叶而不见花矣。纷纷蜂蝶过园林采花而来，不见花而飞过墙垣，疑春光景色尚在邻园也。

唐，王驾，河中人。大顺元年进士①，仕至礼部员外郎。

【黎恂注】

大用，名驾，唐河中人。大顺元年进士。仕至礼部员外郎，自号守素先生。

《渔隐丛话》："王驾《晴景》：'雨前初见花间蕊，雨后兼无叶底花。蛱蝶飞来过墙去，应疑春色在邻家。'此《唐百家诗选》中诗也。"余因阅王荆公《临川集》，亦有此诗，云："雨来未见花间蕊，雨后全无叶底花。蜂蝶纷纷过墙去，却疑春色在邻家。"《百家诗选》是荆公所选，想爱此诗，因为改正七字，遂使一篇语工而意足，了无镵斧之迹。真削鐻手也！

春　暮

曹　豳

门外无人问落花，绿阴冉冉遍天涯。
林莺啼到无声处，青草池塘独听蛙。

【王相注】

冉冉，青光也。

蛙，虾蟆也。

---

① 王相本原作"熙宗时状元"，误。据黎恂本、乾隆十二年武英殿本《文献通考》卷二百四十三改为"大顺元年进士"。

言春色已去，花落门外而行人不问，但见绿树阴浓，遍满天涯。斯时也，春莺已老而不啼，青草池边，惟听蛙声聒噪而已。诗描写暮春之景，宛然在目。

曹豳，宋人。

【黎恂注】

西士，名豳，号东畎，宋温州瑞安人。嘉泰二年进士。擢秘书丞、仓部郎、知福州，宝章阁待制，致仕。卒，谥文恭。

青，一作“春”。

落　花

朱淑真

连理枝头花正开，妒花风雨便相催。
愿教青帝常为主，莫遣纷纷点翠苔。

【王相注】

连理枝，双树并生而根连一本。

青帝，春皇之神，司三春之令者。

纷纷，花落也。

花正开而芳姿艳丽于连理枝头，如少年夫妇燕婉和谐也。花开而遇嫉妒之风雨相催，百花摇落，如夫妇不幸中道分离乖阻也。安得青帝常主四时，使连理花常开并蒂，而无风雨纷纷之摇落矣。

朱淑真，宋诗女，文公之族侄女也。

【黎恂注】

淑真，自称幽栖居士。宋海宁女子，世居桃村，工诗，嫁为市井民妻，不得志，殁。宛陵魏仲恭辑其诗，名为《断肠集》。

《列异志》："韩凭为宋康王舍人，妻何氏美，王欲夺之，乃捕舍人，何氏作《乌鹊歌》以见志，其词有'南山有乌'云云，凭自杀。妻与王登台，遂投台下而死。遗书于带，愿以死与凭合葬，王怒，使人埋之，冢相望也。宿昔有文梓生于二冢，旬日而大合抱，屈体相连，枝交于上，根交于下，又有鸳鸯雌雄各一，恒栖树，交颈悲鸣，宋人悲之。"

春暮游小园[①]

王　淇

一从梅粉褪残妆，涂抹新红上海棠。
开到荼蘼花事了，丝丝天棘出莓墙。

【王相注】

此言春事将阑也。梅花零落，则粉褪残妆矣。而新红艳丽又发于海棠枝上，及夫荼蘼开后，一春之花事已终。惟有丝丝之天棘，蔓生而出于莓墙之上而已。

王淇，字菉漪，宋人。

【黎恂注】

菉漪，宋人，里居、官爵未详。

天棘，天门冬也，杜诗"天棘蔓青丝"。

① 黎恂本、清钞本《逸老堂诗话》卷上题作"春晚"。

莺　梭

刘克庄

掷柳迁乔太有情，交交时作弄机声。
洛阳三月花如锦，多少功夫织得成？

【王相注】

此咏莺之诗。莺梭，言其莺飞鸣，迅速来往园林，抛掷如机梭之捷也。

迁乔，《诗》："出自幽谷，迁于乔木。"

言莺当冬时，蛰伏于幽谷之中，及春暖，始迁于乔木之上。其声嘤嘤而交交，如弄机杼之声焉。当洛阳三月春光，花艳丽繁华，犹如锦绣。观尔莺梭抛掷于园林之中，费几许工夫织成如此锦绣春光也！此诗极状"莺梭"二字之妙。

刘克庄，号后村，宋人。

【黎恂注】

后村，名克庄，字潜夫，号后村，宋莆田人。淳祐中进士。官龙图阁学士。卒，谥文定。

洛阳，周之下都也，在洛水北，故曰洛阳。《宋史》："河南府洛阳郡为西京。"

后村《落梅》诗云："飘如迁客来过岭，坠似骚人去赴湘。"思致极好。

暮春即事

叶　采

双双瓦雀行书案，点点杨花入砚池。

闲坐小窗读《周易》，不知春去已多时。

【王相注】

瓦上之雀闲行，其影动于书案之上；杨柳之花飘荡，其絮落于砚池之中。而读《易》之人，闲坐小窗，不知春色之已去。忽惊瓦雀之行，始见杨花之落，方知春去多时也。

叶采，号平岩，太学生。

【黎恂注】

平岩，名采，字仲圭，号平岩，宋建安人。淳祐中，官朝奉郎，监登闻鼓院，兼景献府教授。

题，一作《书事》。

一本载此诗为周茂叔作。

登　山

李　涉

终日昏昏醉梦间，忽闻春尽强登山。
因过竹院逢僧话，又得浮生半日闲。

【王相注】

此言丈夫不得志，而终日昏昏，如醉如梦。忽闻春光已尽，强去登山，以寻春色。偶游竹院，与山僧闲话良久，始觉向在红尘扰攘之中，今又暂得清闲半日也。

唐，李涉，字清溪，洛阳人。太和中为太常博士，号清溪子。

【黎恂注】

涉，唐洛阳人，初与弟渤同隐庐山，后应陈许辟。宪宗时，为太子舍人，寻谪峡州司仓参军。太和中，为太学博士，复流康州，自号清溪子。

《庚溪诗话》："诚斋云：'有用古人句律，而不用其句意者。'唐人云：'因过竹院逢僧话，又得浮生半日闲。'坡云：'殷勤昨夜三更雨，又得浮生一日凉。'此以故为新，夺胎换骨。"

蚕妇吟

谢枋得

子规啼彻四更时，起视蚕稠怕叶稀。
不信楼头杨柳月，玉人歌舞未曾归。

【王相注】

子规，鸟名，一名杜鹃，好夜啼。

言蚕妇闻子规啼而不寐，啼毕时已四更矣。起视其蚕筐，恐蚕稠而桑叶之稀，又从而添益其叶也。楼头残月，挂于柳梢，天欲明矣，而玉人歌舞，尚未归来也。

【黎恂注】

《尔雅》："嶲周，疏：子嶲（音携），鸟也，出蜀中。"《寰宇记》："蜀王杜宇为望帝，禅位于其相，遂亡去，化为子鹃。"《本草》曰："蜀人见鹃而思杜宇，故呼鹃。鹃与子嶲、子规诸名，皆随方音呼之。杜鹃春暮即鸣，入夏尤甚，昼夜不止，田家候之以兴农事。"

晚 春

韩 愈

草木知春不久归，百般红紫斗芳菲。
杨花榆荚无才[①]思，惟解漫天作雪飞。

【王相注】

榆荚，榆树之荚，其小如钱。

言草木知春色之不久，故万紫千红皆乘时而舒放也。惟杨花、榆荚二种无他才思，纷纷飘落于漫天，如雪之飞扬而已。

【黎恂注】

情，集作“才”。

伤 春[②]

杨万里[③]

准拟今春乐事浓，依然枉却一东风。
年年不带看花眼，不是愁中即病中。

---

① “才”，黎恂本作“情”。

② 黎恂本、四库本《宋诗钞》卷七十九题作“晓登万花川谷看海棠”。

③ 王相本原作“杨简”，作者小传为“宋，杨简，字诚斋，官龙图阁学士”，误。据黎恂本、四库本《宋诗钞》卷七十九、楝亭本《千家诗选》卷一改为“杨万里”。杨万里小传详见黎恂注。

【王相注】

准拟,预料也。

春光未至之时,预料今春赏心乐事,必兴浓而稠密。岂知一春已过,而宴赏仍虚。盖年年花发而略不曾观者,非愁中无绪,则病中未能也。伤春之意,情见于词矣。

【黎恂注】

诚斋,名万里,字廷秀,宋吉水人。绍兴二十四年进士。调永州零陵丞,时张浚谪永,诚斋往见之,浚勉以正心诚意之学,遂服其教终身,名读书之室曰诚斋。历博士郎官,提举广东常平茶盐,孝宗擢为东宫侍读,宫僚以得端人相贺,迁秘书少监,出知筠州。光宗召为秘书监,出为江东转运副使,忤宰相意,遂乞祠,自是不复出。宁宗时,进宝谟阁学士,卒,年八十三。诚斋为人刚而褊,孝宗爱其才,以问周必大,必大无善语,遂不见用。韩侂胄用事,筑南园,属诚斋为之记,许以掖垣。诚斋曰:"官可弃,记不可作。"侂胄大恚,诚斋卧家十五年,皆其柄国之日也。侂胄专僭益甚,诚斋忧愤成疾,家人知其忧国,邸报亦不以告。忽族子至,言侂胄用兵事,诚斋痛哭失声,呼纸书曰:"韩侂胄奸臣,专权无上,谋危社稷,吾报国无路,唯有孤愤。"又书十四言,别妻子,落笔而逝,赐谥文节。诚斋精于诗,有集行世。

题,俗本作《伤春》。

"眼"字,周益公《平园续稿》作"福"字,殆初稿也。

益公《次韵杨廷秀》(万花川谷主人赋海棠二首,妙绝古今。断章有"年年不带看花福,不是愁中即病中"之叹,代花次韵。):"傅粉施朱淡复浓,不辞沐雨更梳风。岂知命似佳人薄,不在吾公乐事中。"

送　春

王　令

三月残花落更开，小檐日日燕飞来。
子规夜半犹啼血，不信东风唤不回。

【王相注】

三月春色已暮，花残已落，而复有开者。小檐之燕子，日日飞来营其巢穴也。子规之鸟，当三更而悲鸣，至血流而方止。言其春去难留，虽子规之悲啼流血，而不能唤回已去之春光也。

王令，字逢原，宋人，谢叠山之友①。

【黎恂注】

逢原，名令，宋元城人。幼随其叔祖居广陵，遂为广陵人。初字钦美，后王莘字之曰逢原。少不检，既而折节力学，王安石以妻吴氏之妹妻之，年二十八卒。逢原才思奇逸，所为诗磅礴奥衍。大率以昌黎为宗，而出入于卢仝、李贺、孟郊之间。王介甫于人少许可，而重逢原。同时胜流，如刘敞等，并推服之，有《广陵集》。

三月晦日送春

贾　岛

三月正当三十日，风光别我苦吟身。

① 王令（1032—1059）为北宋人，谢枋得（1226—1289）为南宋末人，二人不可能相识。

共君今夜不须睡，未到晓钟犹是春。

【王相注】

三月三十，春已尽矣。而我苦吟之身，忍见春光别我去乎？春虽无计可留，然当此之时，惟宜苦吟痛饮，以送青春，不须睡卧。晓钟未发，明朝之夏未来，犹然今日之残春也。

唐，贾岛，字阆仙。初为僧，后举进士，官长江主簿。

客中初夏[①]

司马光

四月清和雨乍晴，南山当户转分明。
更无柳絮因风起，惟有葵花向日倾。

【王相注】

初夏为清和节，乍雨乍晴之时，而南山当其户牖，雨来而烟雾微茫，雨霁而峰峦明媚也。柳絮飞尽，无迹可寻，惟有葵花向日而开，以喻新主当阳，小人道消，君子道长也。

宋，司马光，字君实，相神宗、哲宗。官太师，封温国公，谥文正。

【黎恂注】

君实，名光，宋陕州夏县人。宝元初进士，累除知制诰。英宗时，除龙图阁直学士。神宗时，擢翰林学士，拜枢密副使，不就职，出知许州，请判西

① 黎恂本、四库本《诗林广记后集》卷十、清乾隆刻本《苕溪渔隐丛话》卷二十三题作“居洛初夏”。

京御史台。归洛，绝口不论时事，撰《资治通鉴》以献。哲宗立，拜左仆射，兼门下侍郎。薨于位，赠太师、温国公，谥文正，从祀孔子庙庭。

温公七岁时，闻讲《左氏春秋》，即了其大义，自是手不释卷。于物澹然无所好，于学无所不通，惟不喜释老，曰："其微言不能出吾书，其诞吾不信也。"平生孝友忠信，恭俭正直，居处有法，动作有礼。洛中有田三顷，丧妻，卖田以葬。恶衣菲食终其身，自少至老，语未尝妄。自言："吾无过人者，但平生所为，未尝有不可对人言者耳！"诚心自然，天下敬信，陕洛间皆化其德。居洛十五年，田夫野老，皆称为司马相公，妇人孺子，亦知其为君实也。神宗崩，入临，所至，民遮道聚观，马不得行，曰："公无归洛，留相天子，活百姓。"为政后，毅然以天下自任，凡新法之为民害者，次第举而更张之。不数月间，划革略尽。海内之民，如解倒悬，如脱桎梏，如出之水火之中也。相与欢欣鼓舞，庆若更生，一变而为嘉祐、治平之治。辽夏使至，必问其起居。辽人敕边吏曰："中国相司马矣，毋轻生事开边隙。"薨后，京师人罢市往吊，如哭私亲。四方皆画像以祀，饮食必祝。徽宗时，蔡京擅政，夺公赠谥，指为奸邪，撰碑刻石，长安石工安民当镌字，辞曰："民愚人，不知立碑之意，但如司马相公者，海内称其正直，今谓之奸邪，民不忍刻也。"府官怒，欲加罪，泣曰："被役不敢辞，乞免镌'安民'二字于石末，恐得罪后世。"闻者愧之。靖康中，乃还赠谥。

宋以开封府为东京，河南府为西京，大名府为北京。《闻见录》："温公判西京留司御史台，遂居洛，买园于尊贤坊，以'独乐'名之。尝谓邵康节曰：'光陕人，先生卫人，今同居洛，即乡人也。有如先生道学之尊，当以年德为贵，官爵不足道也。'一日着深衣，自崇德寺局，散步洛水堤，因过天津之居，谒曰'程秀才'云，既见，温公也。问其故，笑曰：'司马出程伯休父，故曰"程"。'"

《东皋杂记》："温公居洛阳，有诗'四月清和'云云，爱君忠义之志，概见于此。"

有　约[1]

赵师秀[2]

黄梅时节家家雨，青草池塘处处蛙。
有约不来过夜半，闲敲棋子落灯花。

【王相注】

立夏后数日为入梅，故曰黄梅，梅天多雨。

家家雨，言友人皆闭户而不出也。

处处蛙，言池塘之中蛙声聒耳也。

约友朋夜话以消岑寂，又因雨阻而不来。闲坐不胜其闷，灯下敲棋而灯花落尽也。

【黎恂注】

紫芝，名师秀，号灵秀，宋永嘉人。太祖八世孙，绍熙庚戌进士。浮沉州县，改秩而卒。

诗中“有约”，《宋诗纪事》作“约客”。

俗本称此诗为司马温公作，误。

---

① 黎恂本、四库本《宋诗纪事》卷八十五题作“绝句”，四库本《宋诗钞》卷八十四、四库本《四朝诗・宋诗》卷七十一题作“约客”。

② 王相本署名作“司马光”，误。据黎恂本、四库本《宋诗纪事》卷八十五、四库本《四朝诗・宋诗》卷七十一改为“赵师秀”。赵师秀小传详见黎恂注。

初夏睡起[①]

杨万里[②]

梅子留酸溅齿牙，芭蕉分绿上窗纱[③]。
日长睡起无情思，闲看儿童捉柳花。

【王相注】

梅味至酸，食之不觉，而馀酸犹溅乎齿牙之间也。芭蕉初长，而绿阴映乎纱窗之上。日长人倦，假寐而起，情绪无聊，闲看儿童戏捉空中之柳花，以释闷而已。

【黎恂注】

上，一本作“与”。

《浩然斋雅谈》：“诚斋诗‘梅子’云云，极有思致。诚斋亦自语人曰：‘工夫在捉字上。’”

《鹤林玉露》：“诚斋丞零陵时诗，有‘梅子’句云云。张紫岩见之曰：‘廷秀胸襟透脱矣。’”

次首云：“松阴一架半弓苔，偶欲观书又懒开。戏掬清泉洒蕉叶，儿童误认雨声来。”

---

① 黎恂本、《四部丛刊》景宋写本《诚斋集》卷三、四库本《宋诗钞》卷七十一、《四朝诗·宋诗》卷七十七题作“闲居初夏午睡起”。

② 王相本原作“杨简”，误。据黎恂本、《四部丛刊》景宋写本《诚斋集》卷三、四库本《宋诗钞》卷七十一、四库本《四朝诗·宋诗》卷七十七改为“杨万里”。杨万里小传详见《伤春》黎恂注。

③ “溅”“上”，《四部丛刊》景宋写本《诚斋集》卷三、四库本《宋诗钞》卷七十一、四库本《四朝诗·宋诗》卷七十七作“软”“与”。

三衢道中

曾　幾[1]

梅子黄时日日晴，小溪泛尽却山行。
绿阴不减来时路，添得黄鹂四五声。

【王相注】

此春暮出游，初夏而返之诗也。当黄梅之时，不雨而连晴数日，泛小舟而回。溪水尽处，舍舟而行山路也。绿树阴浓不减初来之路，更有黄鹂巧啭于长林，比来时更添幽趣也。

【黎恂注】

茶山，名幾，字吉甫，宋赣县人。高宗时，官提刑，与秦桧不合，去位，侨寓上饶，居茶山寺，自号茶山居士。桧死，召为秘书少监，权礼部侍郎，致仕。卒，谥文清。

三衢山，在衢州府常山县北二十五里。昔有洪水暴出，派山为三道，因名。峰岩奇秀，甲于一郡，唐取以名州。

《诗人玉屑》："陆放翁诗本于茶山，故赵仲白题其集云：'清于月出初三夜，澹似汤烹第一泉。咄咄逼人门弟子，剑南已见一灯传。'然茶山之学，出于韩子苍，三家句律，大概相似，至放翁则豪矣。"

---

① 王相本原作"曾纡"，作者小传为"宋，曾纡，字荣山，宰相布之子，知衢州"，误。据黎恂本、清武英殿聚珍版丛书本《茶山集》卷八十七、四库本《宋诗纪事》卷三十七改为"曾幾"。曾幾小传详见黎恂注。

即　景[1]

朱淑真[2]

竹摇清影罩幽窗，两两时禽噪夕阳。
谢却海棠飞尽絮，困人天气日初长。

【王相注】

此诗作于残春将夏之时。言竹影摇清，笼罩于幽窗之上。时禽春深，鸟声频噪，不可得而名也。当此之时，海棠已卸，柳絮已飞尽矣。而困人天气，正是昼日初长之候。深闺静坐，无聊之倦态也。

夏　日[3]

戴　敏[4]

乳鸭池塘水浅深，熟梅天气半晴阴。
东园载酒西园醉，摘尽枇杷一树金。

---

① 此诗黎恂本收录，但无注解。明刻递修本《新注朱淑真断肠诗集》卷三、四库本《四朝诗・宋诗》卷七十五题作“清昼”。

② 王相本原作“朱淑贞”，误。据黎恂本、明刻递修本《新注朱淑真断肠诗集》卷三、四库本《四朝诗・宋诗》卷七十五改为“朱淑真”。

③ 黎恂本、四库本《宋诗纪事》卷六十三题作“初夏游张园”。

④ 王相本原作“戴复古”，作者小传为“戴复古，字式之，号石屏，南宋进士”，误。据黎恂本、四库本《宋诗纪事》卷六十三改为“戴敏”。戴敏小传详见黎恂注。

【王相注】

乳鸭，小鸭也。

乳鸭戏于池塘，水或深或浅。梅熟之时，天气半晴而半阴。于时也，方载酒宴游于东园，又复而西园而酣饮。见枇杷方结实，如金之垂，乃尽摘之而侑酒也。

【黎恂注】

戴敏，字敏才，号东皋子，台州黄岩人，石屏之父。有《东皋集》。

俗本题作《夏吟》，称为石屏作，误。

《桐乡县志》："建炎中，崇德有张子修，葺园于玉湾之北，筑流杯、遂初二亭，开乳鸭池，为流觞之饮，人称东园。时有张汝昌徙居其西，称西园，并饶林馆之胜，结社赋诗。子修卒后，降乩题诗云：'谢事归来一幅巾，千年华表漫哀吟。而今废沼空留恨，好句枇杷更属人。'"

晚楼闲坐[①]

黄庭坚[②]

四顾山光接水光，凭栏十里芰荷香。
清风明月无人管，并作南来一味凉。

【王相注】

此居水上楼台凭栏闲眺之作。四望之间，山光与水光相接，荷花十里，

---

① 黎恂本、四库本《山谷内集诗注》卷十八、《四部丛刊》景宋乾道刊本《豫章黄先生文集》第十一作"鄂州南楼书事"。

② 王相本原作"王安石"，误。据黎恂本、四库本《山谷内集诗注》卷十八、《四部丛刊》景宋乾道刊本《豫章黄先生文集》第十一改为"黄庭坚"。黄庭坚小传详见黎恂注。

香气袭人而来。芰，小菱也，其花与荷杂开于水面也。当晚之时，明月已上，清风徐凉，闲散之人，无拘无束，惟有凭栏南向，而纳其一味清凉，享天地自然之乐也。

【黎恂注】

俗本作《晓楼闲望》。

山谷，名庭坚，字鲁直。曾游灊皖山谷寺石牛洞，乐其林泉之胜，因自号山谷道人。宋洪州分宁人。举进士，为叶县尉。哲宗时，历起居舍人、秘书丞、国史编修官，知宣、鄂二州。绍圣初，坐修《神宗实录》失实，贬涪州别驾、黔州安置，移戎州。徽宗立，召还，知太平州，复除名，编管宜州，卒，年六十一。

山谷幼警悟，读书数过辄成诵。舅李常惊以为一日千里，苏东坡尝见其诗文，以为超轶绝尘，独立万物之表，由是声名始震。与张耒、晁补之、秦观，俱从东坡游，天下称“苏门四学士”。山谷于文章，尤长于诗，世以之配东坡，称“苏黄”。

俗本称为王介甫作，误。

鄂州，今湖北武昌府。

《其二》云：“武昌参佐幕中画，我亦来追六月凉。老子平生殊不浅，诸君少住对胡床。”

山居夏日[①]

高　骈

绿树阴浓夏日长，楼台倒影入池塘。

---

① 黎恂本、四库本《全唐诗》卷五百九十八、四库本《万首唐人绝句诗》卷四十七题作“山亭夏日”。

水晶帘动微风起，满架蔷薇一院香。

【王相注】

绿树当夏之时而浓阴稠密，楼台倒影于池塘。微风吹动水面，波光荡漾，其纹如水晶之帘纹，细如织而光莹也。回首院中，蔷薇满架，香风袭袭，馨馥满庭，岂非首夏清和之淑景乎？

唐，高骈，字千里，渤海人。淮南节度使。

【黎恂注】

俗本作《山居夏日》。

千里，名骈，唐南平郡王崇文之孙。家世禁卫，幼颇修饬，折节为文。咸通中，以破南诏蛮，拔安南功，拜安南都护，兼诸道行营招讨使。僖宗立，迁剑南西川节度，进检校司徒，封燕国公。徙荆南节度，又徙淮南节度，拥节扬州，威震一时，朝廷倚以为重。黄巢陷两京，天子冀其立功，进检校太尉、东面都统、京西京北神策军诸道兵马等使，封渤海郡王。骈幸国颠沛，阴图割据，不肯出兵。既而失势，部下多叛，乃笃意求神仙，信任妖人吕用之等。部将毕师铎等，引兵入扬，囚骈斩之。

俗本称为王介甫作，误。

田　家

范成大

昼出耘田夜绩麻，村庄儿女各当家。
童孙未解供耕织，也傍桑阴学种瓜。

【王相注】

耘田，耘去田中之草也。

言男子昼出耘田，妇人馈食，至夜无事，犹绩麻以备织布之用。可见村庄之间，男女各执其事，无非勤力以成家也。至于童孙，年幼不能耕织，闲暇之时，傍桑阴之下，学为灌溉而种瓜焉。田家勤朴之风，可想见也。

宋，范成大，号石湖，官至学士。

【黎恂注】

石湖，名成大，字致能，宋吴郡人。绍兴二十四年进士。孝宗时，累官权吏部尚书、参知政事、资政殿学士。晚年卜居盘门外十里，因阖闾故城之基，广建亭榭，多植名花，孝宗御书“石湖”二大字赐之。卒，谥文穆。

村居即事[1]

翁　卷[2]

绿遍山原白满川，子规声里雨如烟。
乡村四月闲人少，才了蚕桑又插田。

【王相注】

此言四月田家之景也。山原之间，新绿遍于田畴。雨露沾足，满川之水，白光浩渺，言禾稼水足也。初夏细雨霏微，如烟之蒙蒙。而子规之声又啼于林中。时见乡村之田，无非耕耘之夫。盖四月之间，闲人最少也。至

① 黎恂本、四库本《宋诗纪事》卷五十二作“村景即事”，四库本《宋诗钞》卷八十五、四库本《佩文韵府》卷三作“乡村四月”。

② 王相本、黎恂本原作“范成大”，误。据四库本《佩文韵府》、四库本《四朝诗・宋诗》卷七十一改为“翁卷”。作者小传为：宋，翁卷，字续古，一字灵舒，永嘉人。

于妇女，亦不敢怠荒田事，故方毕其养蚕之务，而又助男子种插秧苗也。其时和岁稔，男女之勤，风俗之美，诚可佳也。

【黎恂注】

据《宋诗纪事》引《西溪丛语》，此诗系谢完璧作。考《稗海》中《西溪丛语》，无此条。

题榴花

韩　愈[1]

五月榴花照眼明，枝间时见子初成。
可怜此地无车马，颠倒苍苔落绛英。

【王相注】

榴花当夏而开，朱英灿烂，映目光华，其榴子即结于花瓣之下。但慨其园林闲寂，车马稀疏，绛英红芳，铺于满地，遮遍苍苔，无人玩赏也。

村　晚

雷　震

草满池塘水满陂，山衔落日浸寒漪。
牧童归去横牛背，短笛无腔信口吹。

---

① 王相本原作“朱熹”，误。据四库本《五百家注昌黎文集》卷九、四库本《全唐诗》卷三百四十三改为“韩愈”。韩愈小传详见《初春小雨》注。

【王相注】

陂，水岸也。

寒漪，水上波纹也。

当仲夏时，水草铺于池塘，绿水盈乎陂岸，而夕阳在山，下映于水，波光漾荡，红日如浸于池水之中。牧牛童子归村，横吹短笛于牛背之上，信口无腔而悠然自得也。

雷震，宋人，爵里无考。

【黎恂注】

震，宋人，里居、官爵未详。

《宋艺圃集》："池，作'寒'。"

茅　檐[①]

王安石

茅檐常扫净无苔，花木成蹊手自栽[②]。
一水护田将绿绕，两山排闼送青来。

【王相注】

蹊，花间小径也。

护田，长溪之水，可以灌溉田园而为之护荫也。

此荆公在金陵闲居之诗。言茅檐之下，时常净扫，无苔痕之迹。昔年

① 黎恂本、《四部丛刊》景明嘉靖本《临川先生文集》卷二十九、四库本《王荆公诗注》卷四十三题作"书湖阴先生壁"。

② "净""蹊"，《四部丛刊》景明嘉靖本《临川先生文集》卷二十九、四库本《王荆公诗注》卷四十三作"静""畦"。

手栽花木皆长大，而地已成蹊矣。门外之田畴，有长溪拥护，而绿水环绕于村前。对面两山，双峰如户，当门并列，青葱之山色，如排闼而送入门来。极言眼前山水之佳也。

【黎恂注】

俗本作《茅檐》。

净，集作“静”。蹊，集作“畦”。

《冷斋夜话》：“山谷尝见荆公于金陵，因问丞相近有何诗。荆公指壁上所题‘一水护田’两句，云此近所作也。”

《石林诗话》：“荆公诗用法甚严，尤精于对偶。尝云：‘用汉人语，只可以汉人语对。若参以异代语，便不相类。’如此句‘护田’‘排闼’之类，皆汉人语也，此法惟公用之，不觉拘谨。”

《汉书·西域传》：“武帝时，自敦煌西至盐泽，往往起亭，而轮台、渠犁，皆有田卒数百人，置使者校尉领护。至宣帝时，使护鄯善以西使者郑吉，并护南北道，号曰都护。都护治乌垒城，去阳关二千七百里，与渠犁田官相近，土地肥饶，于西域为中，故都护治焉。”

《史记》：“高祖病甚，恶见人，卧禁中，诏户者无得入群臣，群臣绛、灌等莫敢入。十馀日，樊哙乃排闼直入，大臣随之。”

《其二》云：“柔条索漠柳花繁，风敛馀香暗度垣。黄鸟数声残午梦，尚疑身在半山园。”

乌衣巷

刘禹锡

朱雀桥边野草花，乌衣巷口夕阳斜。
旧时王谢堂前燕，飞入寻常百姓家。

【王相注】

朱雀桥，在金陵城外。

乌衣巷，在桥边。

乌衣，燕子也。王、谢之家，庭多燕子，故名乌衣。

王导、谢安，晋相，世家之大族，贤才众多，皆居巷中，冠盖簪缨，为六朝巨室。至唐时，则皆衰落零替而不知其处。桥边惟有野草，巷口但见夕阳，而古迹已难寻也。想当年盛时，王、谢之家，大第高门，如云相接，雕梁画栋，燕子成巢。今之燕子依然，而王、谢之家已泯，但飞入寻常百姓之家而已。盖伤故家古迹而云然也。

【黎恂注】

朱雀桥，在建业宫城朱雀门南，跨秦淮水南北岸，以渡行人，以泊船为浮航，有警则撤航为备。

《六朝事迹》云："王榭，金陵人。航海失船，泛一木登岸，见翁媪皆衣皂，引榭至所居，乃乌衣国也。以女妻之，既久，榭思归，复乘云轩泛海至家。有二燕栖于梁上，以手招之，即飞来臂上，取片纸书小诗，系于燕尾曰：'误到华胥国里来，玉人终日苦怜才。云轩飘去无消息，洒泪迎风几百回。'来春，燕又飞来榭身上。有诗云：'昔日相逢皆冥数，如今睽远是生离。来春纵有相思字，三月天南无燕飞。'至来岁，燕竟不至，因目榭所居为乌衣巷。刘禹锡有诗云云，此见摭遗。"

《艺苑雌黄》："梦得'朱雀桥边'云云，朱雀桥、乌衣巷，皆金陵故事。晋时，王导自立乌衣宅，宋时诸谢曰'乌衣之聚'，皆此巷也。王氏、谢氏，乃江左衣冠之盛者。比观摭遗，乃以'王谢'为一人姓名，是直刘斧之妄言耳。"

《王直方诗话》："杨德逢，号湖阴先生，丹阳陈辅。每岁清明，过金陵上冢，事毕则至蒋山，过湖阴先生之居，清谈终日，岁以为常。元丰间，连岁访之不遇，因题一绝于门曰：'北山松粉未飘花，白下风轻麦脚斜。身似旧时王谢燕，一年一度到君家。'湖阴归，见其诗，吟赏久之，称于荆公。荆公笑曰：'此正戏君为寻常百姓耳。'湖阴亦大笑，盖古诗云云。"

送使安西[①]

王　维

渭城朝雨浥轻尘，客舍青青柳色新。
劝君更尽一杯酒，西出阳关无故人。

【王相注】

安西，西域诸国之总名，唐有安西都护以镇之。

此渭城送人出使安西而作。言渭城朝雨为君拂浥轻尘。客舍柳色方新，正春暖之时，无风霜之苦也。饯程之酒将阑而欲别，劝君再进一杯，以壮行色。明日西出阳关之外，但见白草黄沙，更无故人相遇也。

王维，字摩诘，太原人。开元进士第一，官至尚书右丞。此诗演入乐府，为《阳关三叠》。惟第三句不动，其馀互换居首，转叠为诗六首。

【黎恂注】

俗本作《送使西安》，误。

摩诘，名维，唐太原祁人，徙居河东。开元初，擢进士。历右拾遗、吏部郎中、给事中。安禄山反，元宗幸蜀。维为贼所得，伪病瘖，拘于普救寺。禄山宴凝碧池，维赋诗悲悼，闻于行在。贼平，陷贼官三等定罪，特原之，责授太子中允，转尚书右丞，卒。

维工草隶，善画，名盛于开元天宝间。至山水平远，云势石色，天机所到，学者不及也。

青青，一作“依依”。

柳色新，集作“杨柳春”。

---

① 黎恂本、宋蜀刻本《王摩诘文集》卷九题作“送元二使安西”，四库本《全唐诗》卷一百二十八题作“渭城曲”。

《乐府》题曰："《渭城曲》，本维送人诗，后遂被于歌，谓之《阳关三叠》。"刘梦得诗："旧人惟有何戡在，更与殷勤唱《渭城》。"白乐天诗："相逢且莫推辞醉，听唱《阳关》第四声。"是也。李伯时画，有《阳关图》，唐人饯别，必歌《阳关三叠》，以其意工理尽，行者以为可悲，不得不饮也。三叠者，首句不叠，后三句三叠，故白乐天诗自注。第四声，劝君更尽一杯酒也。

唐贞观中，平高昌，置安西都护府。高宗时，平龟兹（音鸠慈），徙安西都护府治焉。《旧唐书》："龟兹、畋沙、疏勒、焉耆，皆安西都护府所统。"按：安西，即今西域辟展、库车地。

渭城，在咸阳县东十五里，即秦孝公徙都之者。阳关，在敦煌西界沙州寿昌县西六里，去长安二千五百里，自玉门阳关出西域有四道。按：《汉书》："凡东出函、潼，必自霸陵始，故赠行者于此折柳为别。"此诗盖援霸陵折柳事，而致之渭城也。

《诗人玉屑》："此诗中失粘而意不断，乃折腰体也。右丞七绝，多有此格。"

题北榭碑[1]

李　白

一为迁客去长沙，西望长安不见家。
黄鹤楼中吹玉笛，江城五月落梅花。

【王相注】

此诗太白将谪长沙，至鄂州黄鹤楼中作也。

迁客，谪官远迁也。

黄鹤楼，仙人王子安乘黄鹤而飞升，故以名楼。

---

① 黎恂本题作"听黄鹤楼上吹笛"，宋刻本《李太白集》卷二十一、四库本《全唐诗》卷一百八十二题作"与史郎中钦听黄鹤楼上吹笛"。

《落梅花》，笛中曲名。

公为迁客至此，登楼望长安而不见，姑弄笛吹梅花一曲以遣怀，适当五月之时也。

楼上有台曰榭，黄鹤楼四面俱有台榭，公此诗题于北榭之碑。

《落梅花》，笛中之曲调也。

【黎恂注】

俗本作《北榭碑》。

太白，名白，母梦长庚星而生，因以名之。唐陇西成纪人，或曰蜀人。少有逸才，志气宏放，飘然有超世之心。天宝初，至长安，贺知章见其文，叹曰："子，谪仙人也。"言于明皇，召见金銮殿。帝赐食，亲为调羹，诏供奉翰林。忤高力士，摘其诗激杨贵妃，帝欲官白，妃辄沮之，遂求还山，乃赐金放还。安禄山反，永王璘辟为府僚。璘谋乱，逃还彭泽。璘败，长流夜郎。会赦得还，往依当涂令族人李阳冰。代宗立，以左拾遗召，已先卒。

秦汉置长沙郡，唐置潭州长沙郡，或曰："轸旁有小星，名长沙，应其地而名。"

黄鹤楼，在武昌城西南隅，世传仙人乘黄鹤过此，因名。雄踞江山，为楚会大观。

乐府《梅花落》，本笛中曲也。唐《大角曲》，亦有《大梅花》《小梅花》等曲。

《渔隐丛话》："笛中有《落梅花》曲。古今诗词，用者甚众，故李谪仙《吹笛》诗有'黄鹤楼中'二句，又观胡人吹笛云：'十月吴山晓，梅花落敬亭。'"

题淮南寺

程　颢

南去北来休便休，白蘋吹尽楚江秋。

道人不是悲秋客，一任晚山相对愁。

【王相注】

白蘋，江上草，白色之花，开于初秋。

道人，程子自谓也。

言自北而来，从南而去，暂止而休息于此，得休便休也。闲望秋江，见白蘋为西风吹尽，而楚江秋色已老矣。当此之时，不无悲秋之思。在我道人，无思无虑，无秋可悲，一任两岸晚山相对。秋色自悲，而我自无愁也。

【黎恂注】

秦九江郡，汉高帝改为淮南国，唐曰淮南道，宋曰淮南路。领扬、楚、濠、寿、滁、和、海、泗、舒、庐等州。

《本草》："白蘋，叶浮水面，根连水底，其茎细于莼莕，四叶相合，中拆十字如田字形。夏秋间开小白花，故称白蘋，俗呼四叶菜、田字草。"

秋[1]

朱　熹

清溪流过碧山头，空水澄鲜一色秋。
隔断红尘三十里，白云红叶两悠悠。

【王相注】

此极言秋色之澄清也。清溪，山上之泉，自极顶而过碧山之头，悬空而

① 黎恂本题作"秋景"，《四部丛刊》景明嘉靖本《晦庵集》卷二、四库本《四朝诗・宋诗》卷七十七题作"入瑞岩道间得四绝句呈彦集充父二兄"。

下入于溪也。水碧天青，映长空而一色。自此而至人居之处，三十里之遥，望之不见。惟有白云在山，红叶飘空，悠悠无际，隔断红尘，秋色之幽静可佳也。

七　夕

杨　朴

未会牵牛意若何，须邀织女弄金梭。
年年乞与人间巧，不道人间巧已多[①]。

【王相注】

牵牛、织女，二星名，七月七夕以前数日，皆竟夜经天，至阳升而始没，故人比之为人间夫妇经年而一会也。时人女子于此夕陈设瓜果，对月穿针而乞巧为戏。此诗设为问答之意，谓吾未识牵牛之意为何，年年相邀织女以弄金梭耶？复诘之曰："汝年年乞与人间之巧，却不道人间之巧已多也。"

杨朴，宋人，简之弟。

【黎恂注】

契元，名朴，宋隐士，郑州人。

几，一作"已"。

《荆楚岁时记》："七月七日，为牵牛织女聚会之夜。是夕人家妇女，结彩楼，穿七孔针，陈瓜果于庭中，以乞巧，有蟢子网于瓜上，则以为符应。"

《蒙斋笔谈》："朴，性迂癖，尝骑驴往来郑圃。每欲作诗，即伏草间，冥搜，得句，则跃而出，遇之者皆惊。少与毕士安同学，士安荐之，太宗以布衣

① "已"，黎恂本作"几"。

召见，赋《莎衣》诗，辞官而归。”

《瀛奎律髓》：“《莎衣》诗：‘软绿柔蓝著胜衣，倚船吟钓正相宜。蒹葭影里和烟卧，菡萏香中带雨披。狂脱酒家春醉后，乱堆渔舍晚晴时。直饶紫绶金章贵，未肯轻轻博换伊。’此诗对御所赋，天下传诵。”

《东坡志林》：“真宗东封还，访天下隐者，得杞人杨朴。能为诗，召对，自言不能，上问：‘临行有人作诗送卿否？’对曰：‘惟臣妻有一首云：‘更休落魄耽杯酒，且莫猖狂爱咏诗。今日捉将官里去，者回断送老头皮。’上大笑，放还山，命其子一官就养。”

立　秋[①]

刘　翰[②]

乳鸦啼散玉屏空，一枕新凉一扇风。
睡起秋声无觅处，满阶梧叶月明中。

【王相注】

乳鸦，小鸦也。

玉屏，屏色如玉也。

秋声，秋风摇树萧瑟之声。梧桐方立秋之日，其叶先零落也。

言乳鸦啼散，而夜色空寂，惟有新凉袭袭，纨扇风清而已。但闻秋声萧瑟而无迹，起而视之，惟见满阶梧叶之影于明月之中。盖梧叶望秋而先落，其秋风入树，萧瑟而凄清也。

武子，宋人，爵里无考。

---

① 黎恂本、四库本《宋诗纪事》卷六十三题作“立秋日”。

② 王相本原作“刘武子”，“武子”为刘翰之字。

【黎恂注】

武子，名翰，宋长沙人。诗名《小山集》。

清，一作“新”。声，一作“风”。阶，一作“街”。

武子诗，为项平庵、叶水心所赏重。

《种梅》云：“凄凉池馆欲栖鸦，彩笔无心赋落霞。惆怅后庭风味薄，自锄明月种梅花。”

七　夕[①]

杜　牧

银烛秋光冷画屏，轻罗小扇扑流萤。
天街夜色凉如水，卧看牵牛织女星。

【王相注】

银烛，月光也。

月光当秋而清冷，斜映于画屏之上。但见萤火如星，流光可爱，轻摇罗扇以扑之。于时天街之上，夜凉如水，银河清浅，牛、女星辉。仰天闲卧而玩之，其悠悠自得之趣可见矣。俗传七夕牛、女相会，凡诸乌鹊，皆比翼成桥，以驾二星而渡天河焉。

【黎恂注】

银，一作“红”。

① 黎恂本、四库本《全唐诗》卷五百二十四、清嘉庆德裕堂刻本《樊川诗集注・外集》题作“秋夕”。

中　秋[①]

苏　轼[②]

暮云收尽溢清寒，银汉无声转玉盘。
此生此夜不长好，明月明年何处看？

【王相注】

银汉，即天河。

玉盘，月也。

言薄暮之云，因风收尽，清寒习习而生。碧天银汉，秋声寂然，而明月转升于天际，如玉盘之晶莹而辉光也。自我有生，凡值中秋之夜，明月多为风云所掩，而不常见此清光。又自出仕以来，迁转之地不一，今年在此处见此明月，明年中秋又不知在何处看月也。好景难逢，良宵难值，人生良遇难期，何不及时行乐乎？

【黎恂注】

俗本云杜牧之作，误。

月，一作“日”。

《风月堂诗话》：“东坡《中秋》诗，绍圣元年自题其后云：‘予十八年前，中秋，与子由观月彭城时作此诗，以《阳关》歌之。’”《诗话总龟》亦云：“山谷在黔南，以《小秦王》歌之。”

本集总题曰：“《阳关词》三首，第一首《赠张继愿》云：‘受降城下紫髯

---

① 黎恂本、四库本《宋诗钞》卷二十、四库本《宋艺圃集》卷四题作“中秋月”，明成化本《苏文忠公全集·东坡集》卷八题作“阳关词三首答李公择”。

② 王相本原作“杜牧”，误。据黎恂本、四库本《宋诗钞》卷二十、明成化本《苏文忠公全集·东坡集》卷八改为“苏轼”。苏轼小传详见《春宵》注。

郎，戏马台前古战场。恨君不取契丹首，金甲牙旗归故乡。'次首《答李公择》云：'济南春好雪初晴，行到龙山马足轻。使君莫忘霅溪女，时作《阳关》肠断声。'"王[十朋]注："三诗各自说事，意皆可以《阳关》之声歌之，乃聚为一处，标其题曰《阳关三叠》。"

江楼有感[①]

赵　嘏

独上江楼思悄然，月光如水水如天。
同来玩月人何在？风景依稀似去年[②]。

【王相注】

此登楼忆旧之诗也。言独上江楼，悄然而有思也。但见江中水月流光，与天一色。因忆去年同上此楼玩月之人，今已不在，惟风光月色，不减去年之旧。对景怀人，其感深矣！

唐，赵嘏，字承祐，山阳人。会昌进士，官渭南尉。

【黎恂注】

俗本作《有感》。

承祐，名嘏，唐山阳人。会昌二年进士，官渭南尉。有《渭南集》。

悄，一作"渺"。玩，一作"望"。

---

① 黎恂本、明嘉靖刻本《万首唐人绝句诗》卷三十七、四库本《全唐诗》卷五百五十题作"江楼旧感"。

② "悄""玩"，明嘉靖刻本《万首唐人绝句诗》卷三十七、四库本《全唐诗》卷五百五十作"渺""望"。

西　湖[1]

林　升

山外青山楼外楼，西湖歌舞几时休？
暖风熏得游人醉，直把杭州作汴州。

【王相注】

山外有山，楼外有楼，言青山之多，楼台之密也。湖中游客，终朝歌舞，几时休息乎？天暖时和，风光艳丽，游赏者沉溺宴安而不知返，如昏醉然，想将杭州之佳丽，认为汴国之繁华矣！

杭州，南宋所居。汴州，北宋之地，为金所有。言南宋君臣，只图偷安宴乐于西湖，弃汴京故地而不问，置祖宗大仇而不报，可胜叹哉！

【黎恂注】

升，宋淳熙时士人。

《宋史》："临安府大都督府，本杭州馀杭郡。建炎三年，高宗自建康如临安，以州治为行宫。"按：杭州，隋时置。

西湖，在杭州府城西，周三十里，三面环山。溪谷缕注，潴而为湖。汉时，金牛见湖中，以为明圣之瑞，曰明圣湖，一名钱塘湖。以其地在郭西，故称为西湖，孤山在其中，跨以苏、白二隄。

《宋史》："东京，汴之开封也。梁为东都，晋为东京，宋因周之旧为都。"按：汴，即今祥符县治。故大梁，魏都也，后周改汴州。

此诗，《宋诗纪事》据《西湖志馀》，载为林升作。《西湖游览志》又载为林外作，云："绍兴淳熙之间，颇称康裕，君相纵逸，耽乐湖山，无复新亭之

---

① 黎恂本、四库本《宋诗纪事》卷五十六题作"题临安邸"。

泪。士人林外题一绝于旅邸，'山外青山楼外楼'云云。"按：林外，字岂尘，晋江人。绍兴三十五年进士，官兴化令。

西　湖[①]

杨万里[②]

毕竟西湖六月中，风光不与四时同。
接天莲叶无穷碧，映日荷花别样红。

【王相注】

言西湖之景，当六月之时，风光云物之佳丽，非四季之可比。莲叶满湖，接天之碧而无穷际。荷花贴水映日，而红妆娇艳，别有一般丰韵。荷花如此其媚，而湖光山色之美可知矣。

【黎恂注】

俗本作《西湖》。

俗本云苏东坡作，误。

《西湖志》："净慈寺，在南山慧日峰下。宋绍兴九年，建报恩光孝禅寺。十九年，赐'净慈'之额，闳胜甲于湖山。"

---

① 黎恂本、《四部丛刊》景宋本《诚斋集》卷二十三、四库本《四朝诗・宋诗》卷七十七题作"晓出净慈寺送林子方"。

② 王相本原作"苏轼"，注解为"东坡出守杭州咏湖之作"，误。据黎恂本、《四部丛刊》景宋本《诚斋集》卷二十三、四库本《四朝诗・宋诗》卷七十七改为"杨万里"。

湖上初雨[①]

苏　轼

水光潋滟晴偏好，山色空濛雨亦奇。
欲把西湖比西子，淡妆浓抹也[②]相宜。

【王相注】

潋滟，水光之漾荡也。

空濛，山色之霏微也。

西子，古美人。

此言西湖佳丽，晴雨皆宜。湖光潋滟映日而波纹荡漾，方喜其晴之可爱，忽而山色空濛，烟雨霏微，虽雨亦有奇观也。吾评西湖之佳，可比当日之西施。盖西子之天香国色，淡妆亦雅，浓抹犹宜。美人无往而不佳，即西湖之晴雨皆丽也。

【黎恂注】

也，一作“总”。

此公通判杭州时饮湖上作。第一首云：“朝曦迎客宴重冈，晚雨留人入醉乡。此意自佳君不会，一杯当属水仙王。”

---

① 黎恂本、明成化本《苏文忠公全集·东坡集》卷四、四库本《四朝诗·宋诗》卷六十六题作“饮湖上初晴后雨”。

② “也”，明成化本《苏文忠公全集·东坡集》卷四、四库本《四朝诗·宋诗》卷六十六作“总”。

入 直

周必大

绿槐夹道集昏鸦，敕使传宣坐赐茶。
归到玉堂清不寐，月钩初上紫薇花。

【王相注】

此侍臣入直宫禁之诗。中书省中多植槐树。

敕使，内侍奉敕传命之官。

玉堂，翰院之地，谓之玉堂。

紫薇花多开于省中，故人谓翰禁之臣为紫薇郎。

言上直之时已日暮，而昏鸦集省矣。忽上命敕使宣召顾问，而赐茶于殿上也。谢圣而归，入宿玉堂，夜气清明，思念君恩隆重，而寝不成寐，但见一钩斜月，初升于紫薇花上矣。斜月如钩而初上，时夜已深矣。

宋，周必大，庐陵人。相孝宗，谥益国公。

【黎恂注】

平园，名必大，字子充，一字洪道，宋庐陵人，晚自号平园老叟。绍兴中进士。孝宗朝，历中书舍人、直学士院、同修国史、翰林院学士、礼部尚书、参知政事、右丞相，拜少保、益国公。宁宗朝，以少傅致仕。卒，谥文忠。有《平园集》。

平园纯笃忠厚，能以善道其君。在翰苑多年，制命温雅，周尽事情，为一时词臣之冠。

《会要》："淳化中，苏易简献《续翰林志》，太宗飞白书'玉堂之署'四字以赐。"又云："学士院玉堂，太宗常亲幸焉。"

水 亭[1]

蔡 确

纸屏石枕竹方床，手倦抛书午梦长。
睡起莞然成独笑，数声渔笛在沧浪。

【王相注】

倚于纸屏，藉乎石枕，卧于竹床，闲观书史，手倦而抛书于床，因而假寐，栩栩然不知午梦之长。梦醒之时，莞然独笑，忽闻沧浪之水，渔人吹笛数声，惊回吾梦。其悠然自得之趣可见矣。

宋，蔡确，泉州晋江人[2]。相神宗。

【黎恂注】

俗本作《登车》，误。

持正，名确，宋晋江人。嘉祐四年进士。历知制诰、御史中丞、参知政事。元丰五年，拜尚书右仆射，兼中书侍郎。哲宗立，转左仆射。元佑中，罢知陈州，夺职，徙安州，又谪英州别驾、新州安置，卒于贬所。持正善窥人主意，与时上下，屡兴罗织之狱，夺人位而居之，为公论所不容，殁后犹得赠谥，追封郡王。高宗时，下诏暴其奸罪，凡所与滥恩，一切削夺，天下快之。

《尧山堂外纪》："蔡确以弟硕赃败，谪守安州，夏日登车盖亭，作十绝句。时吴处厚知汉阳军，笺注以闻，云五篇涉讥讽。其一绝'睡起莞然成独笑'，方朝廷清明，不知确笑何事，宣仁令确分晰，终不自明，逐贬新州。"

安州，今湖北德安府。

---

① 黎恂本、四库本《四朝诗・宋诗》卷六十七、四库本《宋诗纪事》卷二十二题作"夏日登车盖亭"。

② 王相本原作"河间人"，误。据百衲本《宋史》卷四百七十一，蔡确为泉州晋江人。

新州，今广东新兴县。

《渔隐丛话》："此绝殊有闲适自在之意。"

宣　锁[①]

洪咨夔[②]

禁门深锁寂无哗，浓墨淋漓两相麻。
唱彻五更天未晓，一墀月浸紫薇花。

【王相注】

禁门，宫禁之门也。

相麻，拜相之制命，用黄麻纸书之，进呈用宝而后行也。

宫中每夜有唱更之人，谓之鸡人。

此亦入直草制之诗。言宫禁森严，夜静而诸门深锁，寂静无哗也。朝廷有拜相之制命，当制儒臣撰之，亲承天语，归而草制，浓墨淋漓，润泽于黄麻之纸。两相之制已成，而鸡人已唱五更。天尚未晓，惟见一墀月色，寒浸紫薇花影。此形容得意之诗也。

【黎恂注】

俗本作《宣锁》。

平斋，名咨夔，字舜俞，宋於潜人。嘉定元年进士。理宗朝，累官殿中侍御史、中书舍人、直学士院、给事中、刑部尚书、翰林学士、知制诰，加端明

① 黎恂本、四库本《宋诗纪事》卷六十一题作"直玉堂作"。

② 王相本原作"洪遵"，作者小传为"宋，洪遵，字平斋，鄱阳人，翰林学士"，误。据黎恂本、四库本《宋诗纪事》卷六十一、四库本《四朝诗・宋诗》卷七十二改为"洪咨夔"。洪咨夔小传详见黎恂注。

殿学士。卒后，御笔称其“鲠亮忠悫”，特赠两官。有《平斋集》。

《唐会要》：“中书以黄、白二麻，为纶命重、轻之辨。”李肇《翰林志》：“凡制用白麻纸，诏用白藤纸，书用黄麻纸。”

竹　楼[①]

李嘉祐

傲吏身闲笑五侯，西江取竹起高楼。
南风不用蒲葵扇，纱帽闲眠对水鸥。

【王相注】

傲吏，简傲清闲之官。

江西多以竹为楼，不用瓦，上下用竹覆之。

蒲葵，草名，可为扇。

此言为官而简傲清闲，不羡五侯之贵。安居于竹楼水阁之上，当暑而迎风，偃卧自如，清风习习而扇闲不用。脱帽于几上，人闲眠而帽亦闲眠，与水上浮鸥相对，不亦快乎！

唐，李嘉祐，字从一，官袁州刺史。

【黎恂注】

从一，名嘉祐，唐赵州人。天宝七年进士。授秘书正字，坐事谪鄱江令。上元中，为台州刺史。大历中，为袁州刺史。与严维、刘长卿、冷朝阳诸人友善。为诗丽婉，有齐梁风。

《晋书》：“谢安有盛名，时多爱慕。乡人有罢县者诣安，安问归资，答

---

① 黎恂本、四库本《全唐诗》卷二百八题作“寄王舍人竹楼”。

曰：'惟有五万柄蒲葵扇。'安乃取其中者提之，士庶竞市，价增数倍。"

《中华古今注》："武德九年，太宗诏：自今以后，天子服乌纱帽，百官士庶皆同服之。"

直中书省[①]

白居易

丝纶阁下文章静，钟鼓楼中刻漏长。
独坐黄昏谁是伴？紫薇花对紫薇郎。

【王相注】

丝纶，帝王所出之命令也，取"王言如丝，其出如纶"之意。

禁中钟鼓，以定昏晓而节更漏之声。

紫薇郎，中书省入直之臣也。

此乐天入直之诗。言坐于中书省中丝纶阁下，黄昏寂静，惟与紫薇花相对而已。

唐，白居易，字乐天，贞元进士，别号香山，即香山九老之一。官至刑部尚书。

【黎恂注】

乐天，名居易，唐下邽人，贞元中进士。历官翰林学士、左拾遗，以言事贬江州司马，徙忠州刺史。穆宗征为主客郎中、知制诰。乞外，历杭、苏二州刺史。文宗召迁刑部侍郎，移病除太子宾客，分司东都，拜河南尹。开成初，改太子少傅。会昌初，以刑部尚书致仕。卒，谥曰文。

---

① 明嘉靖刻本《万首唐人绝句诗》卷十三、四库本《白氏长庆集·白氏文集》卷十九题作"紫薇花"。

乐天始生七月，能展书即识“之”“无”二字。及长，敏悟绝人，工文章。元和、长庆时，与元稹俱有名，最长于诗，至数千篇，士人争传，鸡林行贾售其国相，率篇易一金。被遇宪宗，事无不言，然为当路所忌摈斥，所蕴不能施，乃放意文酒。既复用，进忠不见听，益偃蹇不合，居官辄移病去。居东都履道里，疏沼种树，构石楼香山，自号醉吟先生，又称香山居士。常与胡杲等燕集，人慕之，绘为《香山九老图》。当时李宗闵等，权势震赫，乐天终不阿附，完节自高，天下贤之。宋哲宗尝书此诗赐讲官苏轼。

《通典》:“唐置中书舍人六人，其内一人知制诰。天宝元年，改中书为紫薇省，舍人曰紫薇郎。”

《缃素杂记》:“唐故事，中书省植紫薇花。历世循用之，至今舍人院紫薇阁前植紫薇花，用唐故事也。”

观书有感[①]

朱　熹

半亩方塘一鉴开，天光云影共徘徊。
问渠那得清如许？为有源头活水来。

【王相注】

半亩方塘，言其小也。

鉴，镜也。一鉴开，言水光明澄澈如镜也。

天光云影，水中照映。徘徊，流动不竭之貌。

问渠，问水也。

---

① 此诗黎恂本收录，但无注解。

为，设为答词。

源头，水有本源而长流不竭也。

此诗文公因观书而见义理之高明，犹水之澄清而洞照万物，问渠何其澄澈光明如此？则谓有源头活水周流。水周流而不竭，如人之义理有万事之殊，其本源归于一，不外圣贤道统之真派而已。

泛　舟[①]

朱　熹

昨夜江边春水生，艨艟巨舰一毛轻。
向来枉费推移力，此日中流自在行。

【王相注】

此玩索而有得焉之诗。

艨艟、巨舰，皆大舟。

推移，舟大水浅，必用多人推挽而后行也。

文公以泛舟喻学。言春水未至而溪多浅弱，舟非推挽不能行也。及夫春水泛涨，虽艨艟巨舟，如羽毛之轻，顺水而行，中流自在，全不费力，何其易也！以比人见道不明，千思万索，及至悟来，不思不勉，自然而然，从容中道也。

① 黎恂本题作《观书有感(其二)》，无注解。

冷泉亭

林　稹[①]

一泓清可沁诗脾，冷暖年来只自知。
流出西湖载歌舞，回头不似在山时。

【王相注】

泓，水清深貌。

沁，饮水而凉润于心也。

言水之清，可饮以沁涤吾诗人之脾胃也。其泉在深山之处，年去年来，或冷或暖，只自知知之。其水流出西湖而载歌舞之船，浊而不清，无复昔日在山之洁矣。此喻人生之初，其性本善，及其富贵熏心、物欲陷溺，则不如初性之清明也。

【黎恂注】

丹山，名稹，宋人。

沁，一作“浸”。出，一作“向”。[②]

俗本云林洪作，误。

冷泉，在西湖武林山飞来峰下。唐刺史元藇建亭，亭在水中。宋郡守毛友移置岸上，倚泉而立。《武陵旧事》：“有亭在泉上。‘冷泉’二字，乃白乐天书，‘亭’字乃东坡续书。诗篇充栋，不能悉录。林丹山诗‘一泓清可浸诗脾’云云。”

---

① 王相本原作“林洪”，误。据黎恂本、明嘉靖本《西湖游览志》卷十、民国景明宝颜堂秘笈本《武林旧事》卷五改为“林稹”。林稹小传详见黎恂注。

② “沁”“出”，四库本《宋诗纪事》卷七十四作“浸”“向”。

冬　景[1]

苏　轼

荷尽已无擎雨盖，菊残犹有傲霜枝。
一年好景君须记，最是橙黄橘绿时。

【王相注】

傲，经久也。

言初冬之时，荷叶败尽，已无擎雨之盖。菊花虽残，尚有傲霜之枝。一年好景将阑，君须记取其最佳者，最是初冬橙已黄而橘方绿之时也。

【黎恂注】

俗本作《冬景》。

枫桥夜泊

张　继

月落乌啼霜满天，江枫渔火对愁眠。
姑苏城外寒山寺，夜半钟声到客船。

---

① 黎恂本、明成化本《苏文忠公全集·东坡集》卷十八、四库本《四朝诗·宋诗》卷六十六题作“赠刘景文”。

【王相注】

明月初坠，寒鸦夜啼，秋霜满空，江枫叶落，渔火炊烟，皆与舟中愁眠之人相对而难寐者也。忽闻寒山钟声夜半而鸣，不觉起视，客船已至姑苏城外之枫桥矣。

唐，张继，字懿孙。天宝进士，仕至户部员外郎。

【黎恂注】

一作《夜泊枫桥》。

懿孙，名继，唐襄州人。天宝时进士。大历末，检校祠部员外郎。高仲武谓其“累代词伯，秀发当时。诗体清迥，有道者风”。

寒山寺，在吴县阊门西十里枫桥下。

《王直方诗话》：“欧公言唐人诗‘姑苏城外’云云，句则佳也，其如三更不是撞钟时。余观于鹄诗：‘定知别往宫中伴，遥听缑山半夜钟。’白乐天云：‘新秋松影下，半夜钟声后。’温庭筠诗：‘悠然逆旅频回首，无复松窗半夜钟。’唐人多用此语，倘非递相沿袭，恐必有说耳！”

《学林新编》：“世疑夜半非声钟时。按：《南史》：‘邱仲孚少好学，读书常以中宵钟鸣为限。’然则半夜钟固有之矣。仲孚，吴兴人，则半夜钟乃吴中旧事也。”

寒　夜

杜　耒[①]

寒夜客来茶当酒，竹炉汤沸火初红。
寻常一样窗前月，才有梅花便不同。

---

① 王相本原作“杜小山”，误，“小山”为杜耒之号。

【王相注】

寒夜客来，以茶可以代酒。呼童煮茗，炉火初红，与客共话于寒窗月下。寻常亦是此月，但觉今夜梅花芳香袭人，其景倍佳于他日也。

小山，宋人，名爵未详。

【黎恂注】

小山，名耒，字子野，号小山，宋盱江人。

《鹤林玉露》："宋嘉熙间，山东李全跋扈日甚，朝廷遣许国往帅山阳。许国，武人也，特换文资，除太府卿，以重其行。国至，偃然自大，受全庭参，全怒，杀之。幕客杜子野，诗人也，亦同死焉。"

霜　月

李商隐

初闻征雁已无蝉，百尺楼台水接天。
青女素娥俱耐冷，月中霜里斗婵娟。

【王相注】

蝉鸣于夏秋之交，雁回于八月之候，霜降于九月之中。

青女，霜神。

素娥，月中嫦娥也。

此诗言征雁初来，则柳上之蝉已寂然无声矣。当此清秋之景，登百尺之高楼，望水天之一色，青霜凝露，白月扬辉，亦可称良夜矣。因忆霜中青女之神与月殿嫦娥，一般佳丽而俱耐清寒，可谓双清二美矣。

唐，李商隐，字义山，怀州河内人。开成进士[①]，官翰林学士。

---

① 王相本原作"陈州人。大中进士"，误。据黎恂本、惧盈斋本《旧唐书》卷一百九十（下）改。

【黎恂注】

义山，名商隐，唐怀州河内人。令狐楚帅河南，奇其才，令与诸子游，岁给资装，楚子绹奖誉甚力，登开成二年进士。王茂元镇河阳，爱其才，以女妻之。复从郑亚之辟。茂元善李德裕，德裕与李宗闵、令狐楚等相仇怨，亚亦德裕所善。绹以商隐忘恩，放利偷合，恶之。绹作相，商隐屡启陈情，不省。卢宏正辟掌书记，复以文章干绹，乃补太常博士。柳仲郢帅蜀，辟判官、检校工部郎中。府罢，还郑州，病卒。商隐文思清丽，与温庭筠、段成式齐名，时号"三十六体"，而俱无特操，为当涂者所薄，名宦不进，坎壈终身。

《淮南子》："青女出以降霜。"高诱注："青女，天神，主霜雪。"又曰："羿请不死之药于西王母，姮娥窃之，奔月宫。"高诱注："姮娥，羿妻也，服药得仙，入月中为月精。"张衡《灵宪》曰："姮娥奔月，是为蟾蜍。"《罗公远传》："明皇游月宫，见素娥十馀人，皎衣，乘白鸾舞于桂下。"

梅

王　淇

不受尘埃半点侵，竹篱茅舍自甘心。
只因误识林和靖，惹得诗人说到今。

【王相注】

林和靖，神宗之末，隐于孤山，种梅岭上，放鹤湖中，不婚不宦，萧然自适，人称其以梅为妻，以鹤为子。

菉漪此诗，盖咏梅之为物清莹皎洁，不受尘埃半点之侵，从不生于雕阑画栋之下，而甘心于竹篱茅舍之间。意谓君子不重繁华富贵之乡，而乐清幽隐逸之趣也。惟林和靖知梅之佳致，而种树孤山，以梅鹤自乐。其咏梅有"疏影横斜""暗香浮动"之句，深得梅之神趣，故人有"梅妻鹤子"之称。

予谓梅本自清闲幽雅，何意误嫁林和靖，惹诗人谈笑至今以为佳话乎？

【黎恂注】

戴石屏《题钓台》云："平生误识刘文叔，惹起虚名满世间。"词语相似，尤可喜。

早　梅[①]

白玉蟾

南枝才放两三花，雪里吟香弄粉些。
淡淡著烟浓著月，深深笼水浅笼沙。

【王相注】

南枝，向南之枝，近日而暖，得气之先，故花先放。

才放两三花，言初开也。

花初放而遇雪，雪方霁而见花，故诗人吟香弄粉，徘徊其下。但见烟雾霏微，香风淡荡，月光叆叇，疏影蒙笼，映溪而深深照水，印月而浅浅笼沙。其清香瘦影之佳妙如此，可谓极于描写者矣。

白玉蟾，宋羽士。

【黎恂注】

白玉蟾，即葛长庚，字白叟，闽清人，家琼州。博洽群书，善隶篆。入道武夷山。宋嘉定中，召赴阙，封紫清明道真人。

① 黎恂本题作"梅"，明正德刻本《琼台志》卷八题作"梅花"。

雪 梅

卢梅坡

梅雪争春未肯降，骚人阁笔费评章。
梅须逊雪三分白，雪却输梅一段香。

【王相注】

此评较梅、雪之诗。梅飘香而送暖，雪六出以知春，故云“争春”。

未肯降，二者俱佳，未辨孰优也。

骚人，诗客也。欲评题而阁笔思索，评论未定也。

言梅虽白，较之于雪，则不及雪之色。雪虽清，较之于梅，则不及梅之香。故梅逊雪白，而雪则输梅之香矣。上二句作梅雪相争，下二句作诗人判断之意。玩“三分”“一段”，“逊”“输”二字，梅似差胜于雪矣。

卢梅坡，宋人，爵里未考。

【黎恂注】

梅坡，宋人，里居、官爵未详。

又[①]

有梅无雪不精神，有雪无诗俗了人。
日暮诗成天又雪，与梅并作十分春。

---

① 此诗黎恂本收录，但无注解。

【王相注】

精神，丰韵也。

此诗人既评梅雪之后，又作此以解之。言梅虽清香，若无雪以衬之，其丰韵则不精神矣。有雪有梅，无诗以评之，不亦居然俗了哉！日既暮而诗成，天又雪矣，吹香映色，点染先春，共作十分春色也。

答钟弱翁

牧　童

草铺横野六七里，笛弄晚风三四声。
归来饱饭黄昏后，不脱蓑衣卧月明。

【王相注】

绿草横铺于野，晚风弄笛数声。归来饱饭，卧于明月之下，不脱蓑衣而萧然自得。出有可乐，入有可足，以淡人名利之心矣。

弱翁，宋人。

【黎恂注】

《西清诗话》："钟弱翁帅平凉，一方士通谒，从以牧童，牵黄犊立于庭下。弱翁异之，指牧童曰：'道人能赋此乎？'笑曰：'不烦吾语，是儿能之。'牧童乃操笔大书云云。既去，郡人见方士担两大瓮，长歌出郭，迹之不见。两瓮乃两口，岂吕洞宾耶？"

秦淮夜泊

杜　牧

烟笼寒水月笼沙，夜泊秦淮近酒家。
商女不知亡国恨，隔江犹唱《后庭花》。

【王相注】

秦淮，在金陵桃叶渡。

《后庭花》，陈后主宫词。

夜泊秦淮，闻邻舟商女隔江而唱《后庭花》，盖不知乃金陵亡国之词，不宜于此地唱之也。

归　雁

钱　起

潇湘何事等闲回？水碧沙明两岸苔。
二十五弦弹夜月，不胜清怨却飞来。

【王相注】

潇湘，衡阳之地，雁南飞至此即北回。

二十五弦，瑟也。

湘灵之神鼓瑟潇湘之水，言归雁闻瑟声之悲，想不胜其清怨而归来也。

唐，钱起，字仲文，天宝进士。

题　壁

无名氏

一团茅草乱蓬蓬，蓦地烧天蓦地空。
争似满炉煨榾柮，漫腾腾地暖烘烘。

【王相注】

此言安分之乐也。烧茅草以御寒，蓦地而烈焰烧天，顷刻而灭。盖茅草虚而不实，比人非道以干富贵，忽兴而忽灭也。榾柮，树根，坚而耐久，可以御寒，火慢煨而足易暖。强求富贵，争如安隐之为快乎？

【黎恂注】

煨，俗本作“围”。

《许彦周诗话》：“宣和癸卯，仆游嵩山峻极中院。壁间有诗四句，‘一团茅草’云云。字画极潦草，其旁隶书四字，云：‘勿毁此诗。’寺僧曰：‘司马温公亲书也。’嗟乎！此言岂有感于公耶？又于柱间大书隶字，云：‘旦、光、颐、来。’其上一字，公兄也。第三字，程正叔也。”

别董大

高达夫

千里黄云白日曛，北风吹雁雪纷纷。
莫愁前路无知己，天下谁人不识君。

【黎恂注】

达夫，名适，唐渤海蓨人。元宗时，释褐封邱尉，哥舒翰表掌书记，进左拾遗。潼关失守，适奔赴行在，擢谏议大夫。李辅国谮之，出为蜀、彭二州刺史。进成都尹、剑南西川节度使，召为刑部侍郎、散骑常侍，封渤海县侯。卒，谥曰忠。适，喜功名，尚节义，年过五十，始学为诗，以气质自高。每吟一篇已，为好事者传诵。

本集第二首云："六翮飘飖私自怜，一离京洛十馀年。丈夫贫贱应未足，今日相逢无酒钱。"

题长安主人壁

张正言

世人结交须黄金，黄金不多交不深。
纵令然诺暂相许，终是悠悠行路心。

【黎恂注】

正言，名谓，唐河南人。天宝二年进士。乾元中，为尚书郎。大历间，官至礼部侍郎、三典贡举。

俗本云崔国辅作，误。

宴城东庄

崔敏童

一年又过一年春，百岁曾无百岁人。

能向花间几回醉，十千沽酒莫辞贫。

【黎恂注】

敏童，唐博州人，驸马都尉崔惠童之昆弟。

又过，一作“始有”。

间，一作“前”。

贫，一作“频”。

附录：惠童《宴城东庄》诗：“一月主人笑几回，相逢相识且衔杯。眼看春色如流水，今日残花昨日开。”

七言千家诗卷下

早朝大明宫

贾　至

银烛朝天紫陌长，禁城春色晓苍苍。
千条弱柳垂青琐，百啭流莺绕建章。
剑佩声随玉墀步，衣冠身惹玉炉香。
共沐恩波凤池上，朝朝染翰侍君王。

【王相注】

银烛，月光也。

紫陌，御阶也。

青琐，宫门刻为青琐之形。

建章，宫名。

柳千条、莺百啭，皆春时也。

凤池，中书省名，宫禁严远之地，舍人掌制诰者居之，以比天上凤凰池。

染翰，谓以文章事君也。

唐，贾至，字幼邻，洛阳人。官中书舍人。

和贾舍人早朝[1]

杜　甫

五夜漏声催晓箭，九重春色醉仙桃。
旌旗日暖龙蛇动，宫殿风微燕雀高。
朝罢香烟携满袖，诗成珠玉在挥毫。
欲知世掌丝纶美，池上于今有凤毛。

【王相注】

五夜，即五更。

漏，更漏也。

催晓箭，言漏声催晓，如箭之速也。

九重，天子所居。

春色，比天子之容，天颜有喜，春色盎然，饫如仙桃而红色见于面也。

朝将退时，日初出而映，旌旗争挥，如动龙蛇。风色微，而见燕雀之飞翔于宫殿。朝既罢矣，御香沾于满袖。公暇无事，挥毫成珠玉之诗。末联，则言舍人之父曾为翰院之臣，掌朝廷之制诰，秉天子之丝纶。凤凰池上，父子继美，其在于今，不羡谢家之凤毛矣。

贾至前有《大明宫》之作，故子美和之，后二首皆和题也。至父贾曾，中、睿宗朝亦为中书舍人。明皇谓贾至曰："先皇制命，乃尔父为之。两朝盛典，俱出卿家，可谓继美矣。"故子美和其诗而发，赞其家学之盛。

谢凤，子超宗，父子文章继美，梁武帝谓之曰："超宗殊有凤毛。"言其有父风也。"凤毛"二字本此。

---

① 黎恂本题作"和贾舍人早朝大明宫"，《续古逸丛书》景宋本《杜工部集》卷十、四库本《全唐诗》卷二百二十五题作"奉和贾至舍人早朝大明宫"。

【黎恂注】

《雍录》:“唐都城有三大内：太极宫在西，故曰西内；大明宫在东，故曰东内；别有兴庆宫在南。三内更迭受朝，而大明最数。”《汉旧仪》:“昼漏尽，夜漏起，省中黄门持五夜。五夜者，甲乙丙丁戊。”

刻漏法，铸金为司晨，具衣冠以左手抱箭，右手指刻。

《唐书》:“贾曾为中书舍人，子至，字幼隣，从元宗幸蜀，拜起居舍人、知制诰。帝传位，至撰册进稿。帝曰：‘昔先天诰命，乃父所为。今兹命册，尔又为之。可谓济美矣。’”

《晋书》:“荀勖久在中书，及失之，甚怅怅。或有贺者，勖曰：‘夺我凤凰池，诸君何贺耶？’”

《宋书》:“谢凤子超宗，有文词。帝谓谢庄曰：‘超宗殊有凤毛。’”

附录：贾至《早朝大明宫呈两省僚友》诗：“银烛朝天紫陌长，禁城春色晓苍苍。千条弱柳垂青琐，百啭流莺绕建章。剑佩声随玉墀步，衣冠身惹御炉香。共沐恩波凤池上，朝朝染翰侍君王。”

和贾舍人早朝

王 维

绛帻鸡人报晓筹，尚衣方进翠云裘。
九天阊阖开宫殿，万国衣冠拜冕旒。
日色才临仙掌动，香烟欲傍衮龙浮。
朝罢须裁五色诏，佩声归到凤池头。

【王相注】

《周礼》:“鸡人掌朝廷夜呼晓唱。”汉制，仪卫之士，候晓于朱雀门外，着绛帻，专传鸡唱以待朝。

晓筹，唱更之筹也。宫中唱更，以铜签掷地，铿然有声。五更之筹，故为晓筹。

尚衣，官名，掌朝廷之服。

九天，即九重，天子之宸居也。

仙掌，注见前。①

言舍人既同万国衣冠朝于天子，而独侍于仙掌之间，身傍衮龙之侧，亲承天子之命令，归于中书省中而裁制诰，则见其朝服雍容，佩声铿然于凤池之上也。

和贾舍人早朝

岑　参

鸡鸣紫陌曙光寒，莺啭皇州春色阑。
金阙晓钟开万户，玉阶仙仗拥千官。
花迎剑佩星初落，柳拂旌旗露未干。
独有凤凰池上客，《阳春》一曲和皆难。

【王相注】

此亦和前题。言鸡鸣于紫禁而曙色已光，莺啭于皇州而三春将暮。晓钟动而万户齐开，仙仗齐而千官肃静。百花迎乎剑佩，星光初落。绿柳拂于旌旗，露湿未干。斯时也，独羡凤凰池上之舍人，退朝从容，草诏方毕，而赋诗为乐，才调之高，如《阳春》《白雪》，使人欲和而未能也。

《阳春》，古曲名。宋玉云："客有歌于郢中者，其始唱《下里》《巴人》之

① 前诗中未见"仙掌"注。

歌，国中和者千馀人。继唱《阳阿》《薤露》之歌，和者数十人而已。其后为《阳春》《白雪》之调，和者方数人耳。盖其调愈高而和者愈寡也。”①

唐，岑参，河内人。官至户部员外郎、嘉州刺史。

上元应制

蔡　襄

高列千峰宝炬森，端门方喜翠华临。
宸游不为三元夜，乐事还同万众心。
天上清光留此夕，人间和气蔼春阴。
要知尽庆华封祝，四十馀年惠爱深。

【王相注】

千峰，谓鳌山灯上峰峦之多。

宝炬，烛光。

森，列也。

端门，即午门。

翠华，御驾也。

天子出游，曰宸游。

三元夜，春为岁之元，正月春之元，元宵夜之元也。

言天子宸游，御午门而观灯，非为庆赏三元，其实与万民同乐也。惟君有与民同乐之心，故天心应之而清光普照也。万众乐君恩，感天心之应，而

① 《四部丛刊》景明翻宋本汉刘向《新序·杂事》作：“客有歌于郢中者，其始曰《下里》《巴人》，国中属而和者千馀人。其为《阳陵》《采薇》，国中属而和者数百人。其为《阳春》《白雪》，国中属而和者数十人而已也。引商刻角，杂以流徵，国中属而和者，不过数人。是其曲弥高者，其和弥寡。”

和气蔼散于春月之阴，故毕集于端门，效华封之人，祝天子无疆之寿。要知此祝也，非一月之祝，今天子在位四十馀年，重熙累洽，沛泽宏深，而万民仰戴之久也。

宋，蔡襄，字君谟，仙游人。仕仁宗朝，官端明学士、礼部尚书。谥忠惠。

【黎恂注】

君谟，名襄，宋兴化仙游人。天圣八年进士。为馆阁校勘，范仲淹以言事去国，余靖论救之，尹洙请与同贬。欧阳修移书责司谏高若讷，三人皆坐谴，襄作《四贤一不肖》诗，都人士争相传写。仁宗时，迁龙图阁学士，知开封府，精于吏事，再知福州，徙知泉州，召为翰林学士，乞为杭州，拜端明殿学士以往。卒，谥忠惠。工于书法，为当时第一。

端门，宣德门也。宋故事：元夕，皇帝登端门以宴群臣。

《庄子》："尧观乎华，华封人曰：'嘻！请祝圣人，使圣人寿，使圣人富，使圣人多男子。'尧曰：'辞。'"

按：宋仁宗，在位四十一年。

上元应制

王　珪[1]

雪消华月满仙台，万烛当楼宝扇开。
双凤云中扶辇下，六鳌海上驾山来。
镐京春酒沾周宴，汾水《秋风》陋汉才。
一曲《升平》人尽乐，君王又进紫霞杯。

---

① 王相本原作"王淇"，误。据黎恂本、楝亭藏书十二种本《千家诗选》、四库本《宋诗纪事》卷十五改为"王珪"。

【王相注】

此上元天子观灯赐宴之诗也。首联，言春雪已消而明月满台，万烛森列，御扇双开得见天颜也。二联，言灯之壮丽，双凤排云而驾仙人之辇，六鳌出水而驾海上之山。三联，言君臣同乐之盛事，借周、汉之君以美之。《诗》曰："王在在镐，岂乐饮酒？"周武王在镐京宴群臣，以比今之诸臣沾君之宴。汾水在山西，武帝游幸于此，君臣歌《秋风》之诗，以比今之君臣宴乐赋诗，有胜于汉也。末联，言朝廷与民同乐，而民亦乐其乐也。故乐官奏《升平》之乐，而君王乐甚，又进紫霞之觞也。

宋，王珪，字禹玉，官至翰林学士。

【黎恂注】

禹玉，名珪，宋华阳人。庆历二年进士。官翰林学士，知开封府，兼侍读学士。神宗朝，拜尚书左仆射、门下侍郎。哲宗即位，封岐国公。卒，谥曰文。

《列子》："渤海中有山，尝随波上下往还，不得暂峙。帝恐流于西极，使巨鳌举首而戴之。"李太白诗："六鳌骨已霜，三山流安在？"

《诗·六月》："吉甫燕喜，既多受祉。来归自镐，我行永久。饮御诸友，炰鳖脍鲤。"郑笺："王以吉甫远从镐来，饮之酒，使诸友侍之，又加其珍馔也。"

《汉武故事》："帝行幸河东，祠后土，顾视帝京忻然。中流与群臣欢宴，乃自作《秋风辞》，'秋风起兮'云云。"按：汾水，出山西太原府境，南流入大河。

《论衡》："曼都学仙去，三年而返，曰：'仙人将我上天，居月之旁，饮我以流霞一杯。'"

《侯鲭录》："元祐中，元夕，上御楼观灯，有御制诗，时王禹玉、蔡持正为左右相。持正叩禹玉云：'《应制上元》诗，如何使故事？'禹玉曰：'鳌山凤辇外，不可使。'章子厚笑曰：'此谁不知？'后两日登对，上独赏禹玉诗，云妙于使事，诗云'雪消华月'云云，是夕，以高丽进乐，又添一杯。"

侍宴安乐公主新宅应制

沈佺期

皇家贵主好神仙，别业初开云汉边。
山出尽如鸣凤岭，池成不让饮龙川。
妆楼翠幌教春住，舞阁金铺借日悬。
敬从乘舆来此地，称觞献寿乐《钧天》。

【王相注】

此明皇姊安乐公主山庄新第，帝幸之而命儒臣赋诗也。首联言其筑此宅第，以事神仙，而高出于山岭也。

鸣凤岭，在凤翔。饮龙川，即渭水。言山水之佳，胜于二处也。

翠幌，即翠幕。

金铺，阁门环上之饰。言翠幌留春，金铺映日也。

乘舆，天子所驾。言侍驾而至此也。

称，举也。

《钧天》，皇帝之乐也。言侍宴之臣，奉觞而祝寿，以奏《钧天》之乐也。

唐，沈佺期，字云卿，内黄人。官礼部员外郎。

答丁元珍

欧阳修

春风疑不到天涯，二月山城未见花。
残雪压枝犹有橘，冻雷惊笋欲抽芽。

夜闻啼雁生乡思，病入新年感物华。
曾是洛阳花下客，野芳虽晚不须嗟。

【王相注】

此思友人谪居边城小邑，因其寄赠而答诗以慰之也。首联，言二月无花，疑春风不到边城也。二联，言橘经雪而其实犹存，犹冻雷惊笋而萌芽欲出。三联，言其闻雁而思乡，因病而感物，何其悲也！末联，乃慰之曰："吾与尔曾仕洛京，同为洛阳花下之客，多历春光。今虽暂谪山城荒春野径，芳菲虽晚，复何叹哉！"

宋，欧阳修，字永叔，庐陵人。仕至参知政事，谥文忠。

【黎恂注】

永叔，名修，在滁州时，号醉翁，晚更六一居士，宋庐陵人。天圣八年，进士甲科，累擢知谏院、知制诰、翰林学士、龙图阁学士。历枢密副使、参知政事。历知滁、扬、颍、青各州，开封府。神宗朝，迁兵部尚书，以太子少师致仕。卒谥文忠，从祀孔子庙庭。

公四岁而孤，母郑，亲诲之学。家贫，以荻画地学书，幼敏悟过人。及冠，嶷然有声，得韩昌黎遗稿于废簏中，读而心慕，力追与并。从尹洙游，为古文，迭相师友。与梅尧臣游，为歌诗相倡和，遂以文章名冠天下。知贡举时痛排险怪奇涩之文，士习从是大变。天资刚劲，见义勇为，在朝为邪党所忌，数被汙蔑，是以力求引退，未究所为。史称"文章与时盛衰"。秦汉之文，涉晋魏而敝，至唐，韩退之振起之。唐之文，涉五代而敝，至宋，欧阳永叔振起之。挽百川之颓波，息千古之邪说，使斯文之正气，可以羽翼大道，扶持人心，两人之力也。

《西溪诗话》："欧公语人曰：'某在三峡赋诗："春风疑不到天涯，二月山城未见花。"若无下句，则上句不见佳处。并读之，便觉精神顿出。'"本集《峡州诗说》亦云。

东坡书永叔《黄牛庙》诗后云："文忠云：'昔予以西京留守推官，为馆阁校勘。时同年丁宝臣元珍来京师，梦与予同舟溯江，入一庙中，拜谒堂下，予班元珍下，元珍固辞，予不可，方拜时，神像为起，既出门，见马一只耳。觉而语予，不数日，元珍除峡州判官，予亦贬夷陵令。一日与元珍谒黄牛庙，入门皆梦中所见云云。'”

插花吟

邵　雍

头上花枝照酒卮，酒卮中有好花枝。
身经两世太平日，眼见四朝全盛时。
况复筋骸粗康健，那堪时节正芳菲。
酒涵花影红光溜，争忍花前不醉归？

【王相注】

此言盛世芳春之乐也。首联，言花枝映酒，杯卮涵花。次言身经两世之太平，眼见四朝之全盛。三十年为一世，年已六十。真宗、仁宗、英宗、神宗为四朝，皆宋朝太平全盛之时也。而且身躯康健，时节芳菲，争忍坐对名花美酒而不醉归耶？

宋，邵雍，字尧夫。隐居不仕，学者尊谥曰康节先生。

【黎恂注】

康节，名雍，字尧夫，宋河南洛阳人。先世范阳人，后徙共城，晚居洛阳，遂为河南人。天性高迈，迥出千古。嘉祐中，诏求遗逸，授将作监主簿，复举逸士，补颍州团练推官，皆称疾不起。富郑公、司马温公、吕申公、张横渠、二程子雅敬重之。明道尝曰：“尧夫内圣外王之学也。”公遇事能前知，伊川尝曰:“其心虚明,自能知之。”所著有《皇极经世》等书。卒后,赐谥康节。从祀孔子庙庭。

《复斋漫录》:“邵尧夫居洛四十年,安贫乐道,自云未尝皱眉,故诗云:‘平生不作皱眉事,天下应无切齿人。’”所居寝息处为安乐窝,自号安乐先生。其西为瓮牖,读书燕居其中。旦则焚香独坐,晡时,饮酒三四瓯。尝有诗云:“斟有浅深存燮理,饮无多少系经纶。莫道山翁拙于用,也能康济自家身。”每出则乘小车,为诗以自咏曰:“花似锦时高阁望,草如茵处小车行。”司马温公赠以诗曰:“林间高阁望已久,花外小车犹未来。”尧夫随意所之,遇主人喜客,则留三五日,又之一家,亦如之,或经月忘返。学者从之问经义,精深浩博,应对不穷。思致幽远,妙极道数。开口论天下事,虽久存心世务者,不能及也。

按:尧夫生于真宗时,卒于熙宁十年丁巳,年七十六。四朝,谓真宗、仁宗、英宗、神宗也。其诗,如《谢司马买园》云:“青春未老尚可出,红日已高犹自眠。尽送光阴归酒盏,都移造化入诗篇。”《安乐窝》云:“半记不记梦觉后,似愁无愁情倦时。拥衾侧卧未欲起,帘外落花撩乱飞。”皆自然入妙。

寓 意

晏 殊

油壁香车不再逢,峡云无迹任西东。
梨花院落溶溶月,柳絮池塘淡淡风。
几日寂寥伤酒后,一番萧索禁烟中。
鱼书欲寄何由达,水远山长处处同。

【王相注】

此有所思之诗也。

油壁香车，美人所乘。

峡云，神女也，行云行雨。

任西东，不定之意。

梨花月下，杨柳风前，言所遇之处，今杳然不可见也。寂寥于酒后，萧索清明，伤春之际也。鱼书欲寄而无由，水远山长而无人可托，徒有忧思感叹而已。

宋，晏殊，字同叔，临川人。官参知政事，谥赠鲁国元献公。

【黎恂注】

同叔，名殊，宋临川人。七岁能属文。景德初，以神童召试，赐进士出身，累擢知制诰、翰林学士。庆历中，拜集贤殿学士，同中书门下平章事。出知永兴军，徙河南，以疾归京师，留侍经筵。卒，赠司空侍中，谥元献。

《古乐府》："妾乘油壁车，郎骑青骢马。何处结同心，西陵松柏下。"

宋玉《高唐赋》："妾在巫山之阳，高丘之阻，旦为朝云，暮为行雨。朝朝暮暮，阳台之下。"按：巫山，即三峡之一。

《荆楚岁时记》："去冬节一百五日，即有疾风甚雨，谓之寒食。禁火三日。"《先贤传》："太原旧俗云，介子推焚骸，一月寒食，莫敢烟爨。"

《古乐府》："客从远方来，遗我双鲤鱼。呼儿烹鲤鱼，中有尺素书。"又云："尺素如残雪，结成双鲤鱼。要知心里事，看取腹中书。"《丹铅馀录》："据此诗，古人尺素，结为鲤鱼形，即缄也。"

《渔隐丛话》："晏元献，每言富贵，不及金玉锦绣，惟说气象，若'梨花院落溶溶月，柳絮池塘淡淡风'之类是也。公自以此句语人曰：'穷人家有此景否？'"

《休斋诗话》："王介甫云'梨花一枝春带雨''桃花乱落如红雨''珠帘暮卷西山雨'，皆警句也，然不若'院落深沉杏花雨'为佳。予谓'杏花雨'固佳，然而'梨花院落溶溶月，柳絮池塘淡淡风'却于风月中写出柳絮梨花，尤有精神。"

寒食书事[①]

刘克庄[②]

寂寂柴门村落里，也教插柳纪年华。
禁烟不到粤人国，上冢亦携庞老家。
汉寝唐陵无麦饭，山溪野径有梨花。
一樽竟[③]藉青苔卧，莫管城头奏暮笳。

【王相注】

此边方寒食之诗也。古者寒食插柳于门，言虽殊方村陋之处，也不妨插柳以纪岁华也。禁烟之节，粤中未闻，故两广之地，不知禁烟。清明时，庞德公尝携家上冢，而此地亦知携家上冢，如庞德公之事也。因忆小民之家远方僻地，亦知上冢。而汉朝之寝墓、唐代之山陵，今虽有存有不存，更有何人捧一盂麦饭而祭之乎？伤帝王之墓丘墟也。古帝王尚如此，而小民复何问乎？不如一樽浊酒，醉卧苍苔，取一时之乐，一任城头画角，虽催而不顾也。

【黎恂注】

元镇，名鼎，号得全居士，宋解州闻喜人。高宗时，为相，力辟和议。秦桧憾之，乘间挤鼎，出知绍兴府，徙知泉州，谪潮州安置。在潮五年，杜门谢客，不言时事。移吉阳军，谢表曰："白首何归？怅馀生之无几。丹心未泯，

---

① 《四部丛刊》景宋旧钞本《后村集》卷九、四库本《宋诗钞》卷九十题作"寒食清明"。

② 王相本、黎恂本均作"赵元镇"，王相本作者小传为"元镇，宋人，爵里未详"，误。据《四部丛刊》景旧钞本《后村集》卷九、四库本《宋诗钞》卷九十改为"刘克庄"。刘克庄小传见《莺梭》注。

③ "竟"，《四部丛刊》景旧钞本《后村集》卷九、四库本《宋诗钞》卷九十、清宣统三年刻本《闽诗录·丙集》卷十二作"径"。

誓九死以不移。”桧见之曰：“此老倔强犹昔。”命本军月具存亡以闻，鼎遣人语其子曰：“桧必欲杀我，我死，汝曹无患。”得疾，自书铭旌云：“身骑箕尾归天上，气作山河壮本朝。”遂不食而卒，天下闻而悲之。孝宗时，谥忠简。[①]

汉高帝遣陆贾立尉佗为南粤王。武帝元鼎中，讨灭之，置郡，又闽粤王无诸，越王勾践之后也。秦并天下，废为君长，后无诸帅粤人佐汉，高帝立为闽粤王。

《襄阳记》：“司马德操尝诣庞德公，值其渡沔，上先人墓。德操径入其室，呼德公妻子作速作黍，其妻子皆罗拜于堂下。须臾，德公还，直入相就，不知何者是客。”

清　明

黄庭坚

佳节清明桃李笑，野田荒冢只生愁。
雷惊天地龙蛇蛰，雨足郊原草木柔。
人乞祭馀骄妾妇，士甘焚死不公侯。
贤愚千载知谁是，满眼蓬蒿共一丘。

【王相注】

桃李遇清明而盛开，故曰笑。荒冢遇寒食祭扫而生悲，故曰愁。斯时也，春雷发而龙蛇起蛰，春雨足而草木皆新。因祭祀而忆齐人乞食于墦间，见禁烟而哀子推之焚死。盖介子推割股以救晋文公，文公即位，而赏不及，故子推耻言功而隐于绵谷，文公思而求之不得，使人召之，不出，乃焚其山，意其必出，子推终不肯出而焚死。晋人哀之，以其焚于清明前三日，故于此

① 黎恂本作者名误作“赵元镇”，故此段记载赵元镇生平事迹。

三日皆禁火不举，至清明乃祀之。禁烟之节，盖本于此。然子推之廉，齐人之贪，皆何在哉？往古来今，蓬蒿满眼，荒冢累累，惟黄土一丘而已。人生于世，何不及时而行乐乎？

宋，黄庭坚，字鲁直，江西分宁人，仕至侍读学士。谥文节。

【黎恂注】

集：冢，作"垄"。

《琴操》曰："晋文公与介子绥俱亡，子绥割腓股以啖文公。公复国，子绥独无所得，乃作《龙蛇之歌》而隐。文公求之不出，乃燔左右木，子绥抱木而死。"绥，即推也。

清　明[①]

高　翥[②]

南北山头多墓田，清明祭扫各纷然。
纸灰飞作白蝴蝶，泪血染成红杜鹃。
日落狐狸眠冢上，夜归儿女笑灯前。
人生有酒须当醉，一滴何曾到九泉。

【王相注】

言清明之时，纷纷然祭扫于南北山头。纸灰飘白，如蝴蝶之飞。泪洒郊原，若杜鹃之血。日落而狐兔穿眠于冢上，祭扫回家，儿女欢笑于灯前，竟忘死者长眠于冢矣。则纸灰与泪，有何益哉！人生于世，遇酒则宜痛饮，

---

① 黎恂本、四库本《两宋名贤小集》卷三百十四题作"清明日"。

② 王相本原作"高菊磵"，误，"菊磵"为高翥之号。

莫待死时空眠孤冢。三牲五鼎，徒为虚设，虽一滴之酒，安能到于九泉之下哉？

高菊磵，宋人。名爵未详。

【黎恂注】

菊磵，名翥，字九万，南宋馀姚人。高尚不仕，尝以“信天巢”名其居。所著有《菊磵小集》。

《过临平》云：“梅子著花霜压岸，自披风帽过临平。”《秋兴》云：“篱菊褪黄秋兴懒，瓦沟才试一痕霜。”《拜林和靖墓》云：“生前已自全名节，身后从谁问子孙。惟有年年寒食日，游人来与酹清尊。”俱佳。

郊行即事

程　颢

芳原绿野恣行时，春入遥山碧四围。
兴逐乱红穿柳巷，困临流水坐苔矶。
莫辞盏酒十分醉，只恐风花一片飞。
况是清明好天气，不妨游衍莫忘归。

【王相注】

此明道春日郊行之作。

恣行，任意而游也。

言春日恣行，行于芳原绿野，瞻春色于远山，四围苍翠；逐乱红于柳巷，流水环矶。坐引一觞，莫辞深饮。只恐风吹花落，则春色凋零矣。况当此佳节，又值风日清和，亟宜游赏，但不可乐而忘返矣。

【黎恂注】

《龟山语录》:“观东坡诗,只是讥诮朝廷,殊无温柔崇厚之气。以此人故得而罪之。若是伯淳诗,闻者自然感动。因举伯淳《和温公禊饮》诗云:‘未须愁日暮,天际是轻阴。’又《泛舟》诗云:‘只恐风花一片飞。’何其温柔敦厚也。”

秋　千

僧惠洪[①]

画架双裁翠络偏,佳人春戏小楼前。
飘扬血色裙拖地,断送玉容人上天。
花板润沾红杏雨,彩绳斜挂绿杨烟。
下来闲处从容立,疑是蟾宫谪降仙。

【王相注】

此咏秋千女子之美也。首言画架精工而高耸,翠绳双坠而偏斜,佳人春日戏玩于小楼之前,佳人戏于架上,红裙飘飏而飞扬。推送之间,玉貌佳人拽索升空,如上青天之乐。红杏如雨,沾落于秋千花板之上,绿杨若烟,缭绕于彩绳间。须臾戏毕而下,从容伫立于幽闲之处,翩翩佳丽,如蟾宫谪降之仙子也。

【黎恂注】

惠洪,字觉范,俗姓彭,宋筠州人。以医识张天觉。大观中,入京,乞得祠部牒为僧,又来往郭天信之门。张、郭得罪,觉范亦决配朱崖,所著有《筠

① 王相本原作“洪觉范”,作者小传为“宋,洪觉范,洪皓之孙,鄱阳人,官至秘阁待制”,误。据黎恂本、四库本《四朝诗·宋诗》卷五十六、清钞本《宋高僧诗选·续集》改为“僧惠洪”。僧惠洪小传详见黎恂注。

溪集》《天厨禁脔》《冷斋夜话》。

《能改斋漫录》："觉范有《上元宿岳麓寺》诗。蔡元度夫人，王荆公女也。读至'十分春瘦缘何事，一掬乡心未到家'，曰：'此浪子和尚耳！'"

《雪浪斋日记》："觉范诗云：'已收一霎挂龙雨，忽起千岩撷鹞风。''挂龙雨'对'撷鹞风'，皆方言，古今人未尝道。又云：'丽句妙于天下白，高才俊似海东青。'又云：'文如水流川，气如春在花。'皆奇句也。"

曲江对酒①

杜　甫

一片花飞减却春，风飘万点正愁人。
且看欲尽花经眼，莫厌伤多酒入唇。
江上小堂巢翡翠，苑边高冢卧麒麟。
细推物理须行乐，何用浮名绊此身？

【王相注】

言花飞一片，已减却春光。何况风飘万点，岂不取人之愁乎？且看欲尽之花，当饮入唇之酒。江上小堂，无人居止，而翡翠来巢。苑边高冢，贵人所葬，而石麟自卧。物理迁移变换如此，仔细推之，人生自当行乐，又何用浮名牵绊哉！

【黎恂注】

蒋弱六云："只将落花连写三句，极反复层折之妙，接入第四句魂销

① 黎恂本、四库本《全唐诗》卷二百二十五、《续古逸丛书》景宋本《杜工部集》卷十题作"曲江"。

欲绝。”

秦汉间，公卿墓，以石麒麟镇之。堂无主，故鸟巢；冢无主，故兽仆。二句写曲江乱后荒凉景象。

其 二

朝回日日典春衣，每日江头尽醉归。
酒债寻常行处有，人生七十古来稀。
穿花蛱蝶深深见，点水蜻蜓款款飞。
传与[①]风光共流转，暂时相赏莫相违。

【王相注】

言居官贫无以为乐，惟是退朝常典衣沽酒，尽醉江头耳。酒钱不足，常负而未偿，然酒债乃寻常之事。人生自古稀有七十之年，吾虽未至七十，而光景无多矣。况穿花之蛱蝶，点水之蜻蜓，景物风光，洵足为乐，宜暂时相赏，不可相违也。

【黎恂注】

叶梦得曰：“‘深深’字若无‘穿’字，‘款款’字若无‘点’字，亦无以见其精微。然读之浑然，全似未尝用力，所以不碍气格超胜。使晚唐人为之，便涉‘鱼跃练川抛玉尺，莺穿丝柳织金梭’矣。”

---

① “与”，《续古逸丛书》景宋本《杜工部集》卷十、四库本《全唐诗》卷二百二十五作“语”。

黄鹤楼

崔 颢

昔人已乘黄鹤[1]去，此地空馀黄鹤楼。
黄鹤一去不复返，白云千载空悠悠。
晴川历历汉阳树，芳草萋萋鹦鹉洲。
日暮乡关何处是？烟波江上使人愁。

【王相注】

世传武昌费文祎登仙，驾黄鹤而返憩，故建楼于此。汉阳在武昌江北，中有鹦鹉洲，皆楼中所望之景。但乡关迢隔，惟有江上之烟波，动人愁思而已。

唐，崔颢，开元进士，汴州人。李白欲题黄鹤楼，见颢诗而止，自以为不及也。

旅 怀[2]

崔 涂

水流花谢两无情，送尽东风过楚城。
蝴蝶梦中家万里，杜鹃枝上月三更。

---

① “黄鹤”，《四部丛刊》景明嘉靖本《唐诗纪事》卷二十一、四库本《全唐诗》卷一百三十、清乾隆刻本《苕溪渔隐丛话前集》卷五作“白云”。

② 黎恂本、《四部丛刊》景明嘉靖本《唐诗纪事》卷六十一、四库本《唐百家诗选》卷十七题作“春夕旅怀”，四库本《全唐诗》卷六百七十九题作“春夕”。

故园书动经年绝，华发春催两鬓生[1]。
自是不归归便得，五湖烟景有谁争？

【王相注】

无情，去而不能复留也。

水流花谢，送尽春光过楚城而去。庄周梦蝴蝶，予梦则万里之遥。杜鹃啼血泪，予醒则三更之月。因忆故园音信经年绝少。两鬓颁白，入春更多。又言予自是不能归耳，若归则五湖烟景，逍遥自得，有谁争竞乎？

唐，崔涂，字礼山，光启进士。

【黎恂注】

礼山，名涂，唐江南人。光启四年进士。

杜鹃，一作“子规”。

经，一作“多”。

别，一作“绝”。

惟，一作“移”。

两鬓，一作“满镜”[2]。

答李儋

韦应物

去年花里逢君别，今日花开又[3]一年。

---

① “绝”“催”，黎恂本作“别”“惟”。

② 四库本《全唐诗》卷六百七十九作“满镜”。

③ “又”，《四部丛刊》景明嘉靖本《韦刺史诗集》卷三、四库本《全唐诗》卷一百八十八作“已”。

世事茫茫难自料，春愁黯黯独[1]成眠。
身多疾病思田里，邑有流亡愧俸钱。
闻道欲来相问讯，西楼望月几回[2]圆。

【王相注】

此苏州在官，因李儋寄赠而答之也。言去春花下一别，忽已经年，宦海茫茫，升沉难定。浮生黯黯，惟喜独眠。身多疾病而思归未能，邑有流离之民，而食俸有愧。闻君欲命驾亲来问讯于我，使我几回望月之圆，不知何时方到也。

【黎恂注】

韦集题作《寄李儋元锡》。

又一年，作“已半年”。时，作“回”。

《砻溪诗话》：“韦苏州‘身多疾病思田里，邑有流亡愧棒钱’。《郡中宴集》云：‘自惭居处崇，未睹斯民康。’余谓士君子当切切作此语。彼一意供租，专事土木，而视民如仇者，得无愧此诗乎！”

清　江[3]

杜　甫

清江一曲抱村流，长夏江村事事幽。

---

① “独”，黎恂本作“犹”。

② “回”，黎恂本作“时”。

③ 黎恂本、《续古逸丛书》景宋本《杜工部集》卷十一、四库本《全唐诗》卷二百二十六题作“江村”。

自去自来梁上燕，相亲相近水中鸥。
老妻画纸为棋局，稚子敲针作钓钩。
多病所须惟药物，微躯此外复何求？

【王相注】

此赋草堂之景也。长夏之时，乡村景物，事事幽雅。燕与鸥，言事物之幽。局与钓，言人事之幽。燕自去来，鸥相亲近，见与物相忘也。妻与子，各为嬉戏之具，见俯仰无累，室家安乐也。末言老年多病，惟需药物以治之，此外并无一事也。

【黎恂注】

在成都浣花溪上草堂作。

复，集作"更"。

夏　日[①]

张　耒

长夏江村风日清，檐牙燕雀已生成。
蝶衣晒粉花枝午，蛛网添丝屋角晴。
落落疏帘邀月影，嘈嘈虚枕纳溪声。
久斑两鬓如霜雪，直欲樵渔过此生。

【王相注】

言江村风日晴和，燕雀初雏于檐牙之间，蝴蝶停翅于花枝而晒粉，蜘蛛

① 黎恂本题作"江村"。

添丝于屋角补网，天晚而月映疏帘，欲卧而溪声入枕，洵可佳也！末言年暮而鬓发如雪，尘事可捐，但欲乐隐渔樵，以娱老景而已。

宋，张耒，字文潜，官翰林待制。

【黎恂注】

俗本作《夏日》。

文潜，名耒，宋楚州淮阴人。第进士，与苏子瞻、黄鲁直同时。元祐初，仕至起居舍人。绍圣中，谪监黄州酒税。徽宗召为太常少卿。坐元祐党，复贬房州别驾、黄州安置。寻得自便，居陈州。有《柯山集》行世。

《石林诗话》："文潜诗：'斜日两竿眠犊晚，春波一顷去凫寒。''白头青鬓隔存殁，落日断霞无古今。'气格不减老杜。"按："落落"一联，亦不减老杜也。

辋川积雨[1]

王　维

积雨空林烟火迟，蒸藜炊黍饷东菑。
漠漠水田飞白鹭，阴阴夏木啭黄鹂。
山中习静观朝槿，松下清斋折露葵。
野老与人争席罢，海鸥何事更相疑？

【王相注】

辋川，地名，摩诘所居。

---

① 黎恂本、明刻本《王摩诘文集》卷六、四库本《全唐诗》卷一百二十八题作"积雨辋川庄作"。

因积雨而起迟，蒸藜炊黍以饷犁田者。水田白鹭之飞鸣，朝槿露葵之把玩，是与物相忘也。末言野老已无争席之心，海鸥何相疑而不相狎乎？《列子》所谓“海人忘机而鸥不飞去”，即用此意。

【黎恂注】

《雍录》：“辋川，在蓝田县西南二十里，王维别业在焉，本宋之问别圃也。”

藜，蒿类，茎叶似王刍，可蒸为茹，又可为杖。

《石林燕语》：“下双字极难，须使五言、七言之间。除去五字、三字外，精神兴致，全见于两言，方为工妙。唐人谓‘水田飞白鹭，夏木啭黄鹂’为李嘉祐诗，摩诘窃取之。非也！此两句好处，且在添‘漠漠’‘阴阴’四字，此乃摩诘为嘉祐点化，以自见其妙。如李光弼将郭子仪军，一号令之，精采数倍。”

《室中语》云：“杜少陵诗‘两个黄鹂’云云，王右丞诗‘漠漠水田飞白鹭’云云，俱极尽写物之妙。”

《列子·黄帝篇》：“海上之人有好沤鸟者，每旦之海上，从沤鸟游。沤鸟之至者，百注而不止。其父曰：‘吾闻沤鸟皆从汝游，汝取来，吾玩之。’明日之海上，沤鸟舞而不下也。”沤，即鸥字。

新　竹[①]

陆　游[②]

插棘编篱谨护持，养成寒碧映涟漪。

① 黎恂本、清康熙刻本《宋十五家诗选》、四库本《剑南诗稿》卷五题作“东湖新竹”。

② 王相本原作“黄庭坚”，误。据黎恂本、四库本《剑南诗稿》卷五、《四朝诗·宋诗》卷五十二改为“陆游”。陆游小传详见黎恂注。

清风掠地秋先到，赤日行天午不知。
解箨时闻声簌簌，放梢初见影离离。
归闲我欲频来此，枕簟仍教到处随。

【王相注】

首言初种竹时，编棘为篱以护之。培养已成，有寒碧涟漪映水之趣。风掠地而先来，枝之高也。日当午而不知，寒之密也。竹苞为箨，箨解而竹梢始放，其声簌簌，其影离离，洵可爱也！安得闲暇，频来此地，更携枕簟而偃卧以玩之耳。

【黎恂注】

放翁，名游，字务观。母梦秦少游而生公，故以秦名为字而字其名。宋山阴人。佃之孙，年二十能诗文，浙漕锁厅荐为第一。秦桧孙熺，居其次，桧怒，黜之。绍兴末，始赐进士第。孝宗立，除编修删定官，以言事免，久之通判夔州。范成大帅蜀，为参议官，以文字交。不拘礼法，人讥其颓放，因自号放翁。宁宗时，诏同修国史，兼秘书监，升宝章阁待制，致仕。卒，年八十五。放翁才气超逸，尤长于诗。晚年再出，为韩侂胄撰《南园记》，见讥清议。朱子尝言其能太高，迹太近，恐为有力者所牵挽，不得全其晚节，盖有先见之明焉。

本集：影，作“叶”。归，作“官”。

俗本云黄山谷作，误。

《四朝闻见录》：“放翁学诗于曾茶山，其后冰寒于水。尝从张紫岩游，具知西北事。天资慷慨，喜任侠，尝以据鞍草檄自任。游宦剑南，作为歌诗，皆寄意恢复。孝宗见而韪之，尝手批除公礼部郎。公早求退，往来若耶云门，以觞咏自娱。韩侂胄固欲其仕，公勉为之出。韩喜附己，至出所爱四夫人擘阮起舞，索公为词。公临终以诗示儿云：‘王师北定中原日，家祭无忘告乃翁。’公之心方暴白于易箦之时矣。”

直斋陈氏云："放翁幼为曾茶山所赏识。诗为中兴之冠，至万馀篇，古今未有。"

表兄话旧[①]

窦叔向

夜合花开香满庭，夜深微雨醉初醒。
远书珍重何由[②]达？旧事凄凉不可听。
去日儿童皆长大，昔年亲友半凋零。
明朝又是孤舟别，愁见河桥酒幔青。

【王相注】

夜合，朝开而暮合。

与表兄叙饮于花下，微雨初醒之时，言别后远隔，有书难寄也。旧日之事，凄楚难言。因忆别时乡里之儿童，今已长大。昔年之亲友，半已凋零。明朝兄又别去，相送河桥，见酒幔而不胜愁也。

唐，窦叔向，字遗直，扶风人。

【黎恂注】

遗直，名叔向，唐京兆人。代宗时，常衮为相，引为左拾遗内供奉，衮贬，出为溧水令。五子：群、常、牟、庠、巩，皆工词章，有《联珠集》行于时。叔向工于五言，名冠时辈。

① 黎恂本、四库本《全唐诗》卷二百七十一题作"夏日宿表兄话旧"。
② "由"，四库本《全唐诗》卷二百七十一、四库本《唐诗品汇》卷八十六作"曾"。

偶　成

程　颢

闲来无事不从容，睡觉东窗日已红。
万物静观皆自得，四时佳兴与人同。
道通天地有形外，思入风云变态中。
富贵不淫贫贱乐，男儿到此是豪雄。

【王相注】

言清闲无事而从容，卧起之时，东方之日已红矣。静观万物，而自得于心，佳景四时，而兴与人同适。道体之大，天地有形，风云变态，无所不至，其要不过处富贵而不淫，安贫贱而自乐，男儿于此处立得定，岂不豪雄之丈夫乎？

【黎恂注】

题，一作《秋日》。

游月陂

程　颢

月陂堤上四徘徊，北有中天百尺台。
万物已随秋气改，一樽聊为晚凉开。
水心云影闲相照，林下泉声静自来。
世事无端何足计，但逢佳节约重陪。

【王相注】

言登堤四望，有中天之台，在北而最高也。次言万物逢秋而萧然，一樽向晚而可酌。观水面闲云之影，听林下流泉之声，秋色犹可观也。末言世事多端，何足计较？但逢佳节，不厌登临，重陪玩饮可也。

【黎恂注】

《月陂》，一作《月波》。

秋　兴(八首选四)

杜　甫

玉露凋伤枫树林，巫山巫峡气萧森。
江间波浪兼天涌，塞上风云接地阴。
丛菊两开他日泪，孤舟一系故园心。
寒衣处处催刀尺，白帝城高急暮砧。

【王相注】

此公在白帝城外舟居而作。言玉露凋零，江枫叶落。巫山巫峡，秋气萧森，兼天波浪，接地风云，江间塞上，兵阻而世乱矣。孤舟寄此，两见菊开。故国之思，一心常系。斯时处处人家制寒衣而催刀尺，白帝高城，惟闻向晚砧声。

又

千家山郭静朝晖，日日江楼坐翠微。
信宿渔人还泛泛，清秋燕子故飞飞。
匡衡抗疏功名薄，刘向传经心事违。
同学少年多不贱，五陵衣马自轻肥。

【王相注】

言山城之下，村落千家。朝日初晖而人方静之时，日登江汉之上而坐望翠微也。信宿渔人仍泛泛水中，清秋燕子飞飞江上。因忆汉匡衡抗疏直言时政，而作宰相，而我亦直言而遭贬斥。刘向传经以明后学，而作九卿。我欲传经，以世乱而相违。旧时同学诸少年，俱已富贵，轻裘肥马于五陵之上，不相闻问也。

又

蓬莱宫阙对南山，承露金茎霄汉间。
西望瑶池降王母，东来紫气满函关。
云移雉尾开宫扇，日绕龙鳞识圣颜。
一卧沧江惊岁晚，几回青琐点朝班。

【王相注】

因忆长安盛时，筑蓬莱宫于终南山北，置承露盘于霄汉之间。天子临幸，西望瑶池，疑王母之欲降。东瞻函谷，迓紫气之方盈。宝扇开于雉尾，日色映于衮龙。甫也小臣，会于此而识圣天子之颜焉。岂期放弃以来，一卧沧江，暮年晚岁，空怀故国之思，几回于青琐宫门会点朝班之上也。

又

昆明池水汉时功，武帝旌旗在眼中。
织女机丝虚夜月，石鲸鳞甲动秋风。
波漂菰米沉云黑，露冷莲房坠粉红。
关塞极天惟鸟道，江湖满地一渔翁。

【王相注】

昆明池，汉时所开，武帝演水师之处也。凿石鲸于池中，每至风雨时，鳞甲皆动。又凿牛郎牵牛、织女当机之形。长安遭天宝禄山之乱，宫阙空虚，池上菰米、莲房皆漂坠于波中，无人收拾也。关塞极天，惟鸟道一线之路可通，故明皇避乱而幸蜀。江湖满地之广，一身飘泊无依，如渔翁之泛于江上也。

月夜舟中[1]

戴复古

满船明月浸虚空，绿水无痕夜气冲。
诗思浮沉樯影里，梦魂摇曳橹声中。
星辰冷落碧潭水，鸿雁悲鸣红蓼风。
数点渔灯依古岸，断桥垂露滴梧桐。

【王相注】

言满船载月，水光夜气之浮空，诗兴浮沉，摇漾于枫帆之影而未定，梦魂飘荡于橹桨之中而未宁。惊醒而视，星辰映水，鸿雁鸣风，碧潭红蓼之间，惟有渔灯数点，梧桐垂露滴断桥之下而已。极言秋夜之景也。

【黎恂注】

石屏，名复古，字式之，号石屏，宋黄岩人。尝登陆放翁之门，以诗鸣江湖间。有《石屏集》。

方万里跋石屏诗："清健轻快，自成一家。"

《归田诗话》："戴式之尝见夕照映山，峰峦重叠，得句云'夕阳山外山'，自以为奇，欲以'尘世梦中梦'对之，而不惬意。后行村中，春雨方霁，行潦纵横，得'春水渡傍渡'之句以对，上下始相称。然须实历此境，方见其奇妙。"

---

① 黎恂本题作"月夜舟"。

长安秋望

赵　嘏

云物凄凉拂署[①]流，汉家宫阙动高秋。
残星几点雁横塞，长笛一声人倚楼。
紫艳半开篱菊静，红衣落尽渚莲愁。
鲈鱼正美不归去，空戴南冠学楚囚。

【王相注】

署，官舍也。

言庭际当秋，轻云拂署，望朝廷之宫阙，高凌秋汉，残星犹在而塞雁横空，长笛一声而危楼自倚。篱菊半开，紫艳初芳，渚莲凋落，红衣尽卸。斯时也，松江之鲈鱼正美而不能归，空戴南冠，如楚囚之系于晋也。

楚钟仪被晋师所获，晋公见而问之曰："南冠而縶者谁也？"疑其戴南人之冠，非晋人也。命其奏乐，仪操南音，公以其不忘故国，命释之。

唐，赵嘏，字承祐，仕至渭南尉。

【黎恂注】

一作《秋夕月》。

《晋书》："张翰，字季鹰，吴郡人也。齐王冏辟为大司马东曹椽。翰因秋风起，思吴中菰菜、莼羹、鲈鱼脍，曰：'人生贵适意，何能羁宦数千里，以要名爵乎？'俄而冏败，人谓之见机。"

《左传》："成九年，晋侯观于军府，见钟仪，问之曰：'南冠而縶者，谁

---

① "署"，黎恂本、《四部丛刊》景明嘉靖本《唐诗纪事》卷五十六、四库本《全唐诗》卷五百四十九作"曙"。

也?’有司对曰:‘郑人所献之楚囚人也。’”

《古今诗话》:“杜紫微览赵渭南《早秋》诗云:‘残星几点雁横塞,长笛一声人倚楼。’因目之曰‘赵倚楼’。”

陆放翁封渭南伯,有句云:“虚名定作陈惊坐,好句真惭赵倚楼。”《全唐诗话》:“赵嘏曾有诗曰:‘早晚粗酬身事了,水边林下一闲人。’果卒于渭南尉。”

新　秋

杜　甫[1]

火云犹未敛奇峰,欹枕初惊一叶风。
几处园林萧瑟里,谁家砧杵寂寥中。
蝉声断续悲残月,萤焰高低照暮空。
赋就金门期再献,夜深搔首叹飞蓬。

【王相注】

言火云未收而凉风已动,萧瑟之气入于园林,砧杵之声响于夜静,见人之因秋而备寒也。蝉声断续,萤焰高低,见虫类应候而飞鸣也。末言欲献策于金马门以求进,余鬓发如飞蓬,流光易衰老,时搔首而自叹也。

【黎恂注】

此诗《杜集》不载。

《史记》:“金马门者,宦署门也。门傍有铜马,故谓之金马门。”扬雄《解

① 此诗作者存疑。王相、黎恂均作“杜甫”,但黎恂注明言《杜集》不载。楝亭藏书十二种本《千家诗选》卷二、四库本《锦绣万花谷后集》卷三作“孙仅”,四库本《宋艺圃集》卷五作“张耒”。

嘲》:“历金门,上玉堂。”

中　秋

李　朴

皓魄当空宝镜升,云间仙籁寂无声。
平分秋色一轮满,长伴云衢千里明。
狡兔空从弦外落,妖蟆休向眼前生。
灵槎拟约同携手,更待银河彻[1]底清。

【王相注】

皓魄以影言,宝镜以形言。

仙籁、无声,言月静风闲也。

狡兔、妖蟆,皆月中之形。兔能生光,蟆能蚀魄。

灵槎,汉张骞乘槎以涉天河之事。

言如此明月,平分秋色,千里光明,安得狡兔不亏其光,妖蟆不蚀其魄,舟泛天河之槎,以待银河之清澈乎?有清心克欲,不移外诱之意。

李朴,宋人[2],爵里未详。

【黎恂注】

先之,名朴,宋虔州兴国人。绍圣元年进士。崇宁中,入党籍。靖康初,除著作郎、国子祭酒。少从程伊川游,人称章贡先生。

---

① “彻”,黎恂本、四库本《宋诗纪事》卷三十四、楝亭藏书十二种本《千家诗选》、清嘉庆九年刻本《江西诗征》卷十一作“到”。

② 王相本原作“唐人”,误。据黎恂本、四库本《宋诗纪事》卷三十四、清嘉庆九年刻本《江西诗征》卷十一,李朴为“宋人”。

空，一作“天”。

宝，一作“晓”。

间，一作“闲”。

前，一作“边”。

张衡《灵宪》：“月者，阴精，积而成兽，象兔、蜍焉。”傅咸《天问》：“月中何有？白兔捣药。”韩昌黎《月蚀》诗：“尝闻古老言，疑是虾蟆精。径圆千里纳汝腹，何处养汝百丑形？”

《博物志》：“有人居海滨，年年八月，有浮槎去来不失期。人有奇志，乘槎而去。十馀日至一处，有城郭屋舍，遥望宫中有织妇，见一丈夫，牵牛渚次饮之。因问：‘此何处？’答曰：‘访严君平则知之。’还，至蜀，问君平，曰：‘某年月，有客星犯牵牛。’正是此人到天河时也。”

九日蓝田会饮[①]

杜　甫

老去悲秋强自宽，兴来今日尽君欢。
羞将短发还吹帽，笑倩傍[②]人为正冠。
蓝水远从千涧落，玉山高并两峰寒。
明年此会知谁健？醉把茱萸仔细看。

【王相注】

自叹老年悲秋，甚难排遣。今日饮酒之兴，与君尽欢，不复悲矣。然老来发短，恐效孟嘉之落帽，故笑倩傍人为正其冠也。蓝水玉山，秋景堪玩。

---

① 黎恂本、《续古逸丛书》景宋本《杜工部集》卷九、四库本《全唐诗》卷二百二十四题作“九日蓝田崔氏庄”。

② “傍”，黎恂本、四库本《全唐诗》卷二百二十四作“旁”。

今者与诸生欢饮，明年此日，吾辈之中，未知谁人犹健乎？故醉玩茱萸，以遣佳兴也。

【黎恂注】

《晋书》："孟嘉为桓温参军。九日温游龙山，风至，吹嘉帽落。温令孙盛作文嘲之，嘉还答。"

《三秦记》："蓝田有川方三十里，其水北流，出玉石，合溪谷之水为蓝水。"

《寰宇记》："蓝田山，在县西三十里，一名玉山。"

《唐书·地理志》："蓝田县，在长安东南七十里。"

朱[鹤龄]注："华岳东北有云台山，两峰峥嵘，四面悬绝。蓝田去华山近，故曰'高并两峰寒'。"

《西京杂记》："九日佩茱萸，饮菊花酒，令人长寿。"

杨诚斋云："此诗句句字字皆奇，唐律如此者绝少。首联对起，才说悲，忽说欢，顷刻变化。以'自'对'君'，自者，我也；颔联，将一事翻腾作两句。孟嘉以落帽为风流，此以不落帽为风流。翻尽古人公案，最为妙法；入至颈联，笔力多衰，今方且雄杰挺拔，唤起一篇精神，非笔力拔山，不至于此；结联，则意味深长，幽然无穷矣。"

秋　思

陆　游

利欲驱人万火牛，江湖浪迹一沙鸥。
日长似岁闲方觉，事大如天醉亦休。
砧杵敲残①深巷月，井梧②摇落故园秋。

---

① "敲残"，黎恂本、四库本《剑南诗稿》卷四十七作"相望"。

② "井梧"，四库本《剑南诗稿》卷四十七作"井桐"。

欲舒老眼无高处，安得元龙百尺楼？

【王相注】

火牛，田单破燕之事。言功利嗜欲驱迫，有胜于火牛。

江湖浪迹之人，若沙鸥之闲适也。日长如年，惟闲人方觉。事大如天，醉后亦休。听砧杵之声，至月落而方止。见梧桐之落，知故园之先秋。欲舒老眼，看此秋光，奈无高处，安得陈元龙百尺之楼，以眺此秋光乎？

宋，陆游，字务观，号放翁，平湖人。官至转运使。

【黎恂注】

本集：天，作“山”。砧，作“衣”。梧，作“桐”。

《通鉴》：“齐田单收城中牛千馀，为绛缯衣，画以五采龙文，束刀兵于其角，灌脂束苇于其尾。夜纵牛烧尾端，壮士五千随之。牛奔燕军，所触尽死伤，城中鼓噪从之，燕军败走，齐人杀燕将骑劫。七十馀城，皆复为齐。”

《魏志》：“陈登，字元龙。许汜曰：‘昔见元龙自上大床，使客卧下床。’刘备曰：‘君有国士之名，而求田问舍，言无可采，是元龙所讳也。如我欲卧百尺楼上，卧君于地下，奚但上下床之别哉？’”

与朱山人[①]

杜　甫

锦里先生乌角巾，园收芋栗未全贫。
惯看宾客儿童喜，得食阶除鸟雀驯。

① 黎恂本、《续古逸丛书》景宋本《杜工部集》卷十一、四库本《全唐诗》卷二百二十六题作“南邻”。

秋水才深[1]四五尺，野航恰受两三人。
白沙翠竹江村暮，相送柴门月色新。

【王相注】

锦里，即锦江。

先生，朱希真也。

言先生冠乌角之巾，秋收芋栗之多，未可为贫也。宾朋时至，儿童忻喜。果实盈阶，鸟雀安驯。秋水既涸，深者才四五尺。野舟虽小，渡者止二三人。竹青沙白，江村暮矣。山人送我于柴门，看月色之方新也。

【黎恂注】

俗本作《与朱山人》。

顾宸曰："南邻，朱山人也。"后有《过朱山人水亭》诗。

《华阳国志》："成都西城，故锦官城也。锦江，濯锦其间则鲜明，故曰锦里。"

闻笛

赵嘏

谁家吹笛画楼中，断续声随断续风。
响遏行云横碧落，清和冷月到帘栊。
兴来三弄有桓子，赋就一篇怀马融。
曲罢不知人在否，馀音嘹亮尚飘空。

---

① "深"，黎恂本作"添"。

【王相注】

遏，止也。

碧落，青天也。

晋桓伊善吹笛，过清溪，王徽之泊舟，谓之曰："闻卿善吹笛，请为我一奏。"伊下马，据胡床三弄而去。汉马融作《笛赋》，皆用笛事也。此首言谁以楼上吹笛，其声悠扬，随风而至，其响彻于青霄，其音清和，透入帘栊之内。不减桓伊之兴，端称马融之赋也。一曲已终，其人不见，惟闻飘空嘹亮之音而已。

【黎恂注】

《世说》："王子猷，闻桓子野善笛，而不相识。一日桓自岸上过，王在舟中，同舟有识桓者，王使人相问，求吹一弄。时桓已贵显，素闻子猷名，遂下车踞胡床，作三弄毕，遂去。主客不交一言。"

马融，字季长，茂陵人。有《长笛赋》。

冬　景[①]

刘克庄

晴窗早觉爱朝曦，竹外秋声渐作威。
命仆安排新暖阁，呼童熨贴旧寒衣。
叶浮嫩绿酒初熟，橙切香黄蟹正肥。
蓉菊满园皆可羡，赏心从此莫相违。

---

① 黎恂本题作"初冬"，楝亭藏书十二种本《千家诗选》卷二题作"秋晚"，"秋晚"与诗中"秋声"相应。

【王相注】

曦，日光。

言初日之光映晴窗，早起而可爱，竹外之风声渐作寒威也。于是呼童仆而安排暖阁，熨贴寒衣之御冬。新酿之酒，其色如嫩绿之竹叶初熟之时。经霜之蟹，其黄若既剖之橙，甘美颇壮。芙蓉黄菊，清香满园，皆可玩羡，而赏心乐事不可相违也。

【黎恂注】

《瀛奎律髓》："宝庆初，史弥远废立之际，钱塘陈宗之诗云：'秋雨梧桐皇子府，春风杨柳相公桥。'哀济邸而诮弥远也。刊入《江湖集》以售，集中有后村《落梅》诗，二人皆坐罪，于是诏禁士大夫作诗。弥远死，诗禁始开。后村病后访梅云：'梦得因桃却左迁，长源为柳忤当权。幸然不识桃并柳，也被梅花累十年。'此可备梅花大公案也。"

冬　景[①]

杜　甫

天时人事日相催，冬至阳生春又来。
刺绣五纹添弱线，吹葭六管[②]动飞灰。
岸容待腊将舒柳，山意冲寒欲放梅。
云物不殊乡国异，教儿且覆掌中杯。

---

① 黎恂本、《续古逸丛书》景宋本《杜工部集》卷十六、四库本《全唐诗》卷二百三十一题作"小至"。

② "管"，黎恂本、《续古逸丛书》景宋本《杜工部集》卷十六、四库本《全唐诗》卷二百三十一作"琯"。

【王相注】

添线者，言冬至后，日渐长，以女工之当刺绣时，多添一线之工夫也。

吹灰，古者以葭莩之灰，置管内吹之，冬至而灰飞向下，至后则葭莩飞向上也。

言冬至一阳生，天气渐长，阳气渐舒，岸柳山梅皆将舒放。父子虽在异乡，而云烟景物不殊故国，教儿且进杯酒，勿负此佳景也。

【黎恂注】

俗本作《冬至》。

《唐会要》："开元中，中书门下奏冬至日祀天，用小冬日视朝。小至，即小冬日也。"本诗浦[起龙]注："玩诗意，当指冬至后一日。"

《唐杂录》："宫中以女工揆日之长短。冬至后，日晷渐长，比常日增一线之功。"

《后汉书》："候气之法，为室三重。以葭莩灰实律管，按律候之。气至者灰去。"按：葭，芦也。琯，以玉为之，凡十有二。六琯，举律以该吕也。冬至律为黄钟，乃气之始，覆杯，乃尽饮之义。

梅　花

林　逋

众芳摇落独鲜妍，占断风情向小园[①]。
疏影横斜水清浅，暗香浮动月黄昏。
霜禽欲下先偷眼，粉蝶如知合断魂。
幸有微吟可相狎，不须檀板共金樽。

① "鲜""断"，《四部丛刊》景明钞本《林和靖诗集》卷二、四库本《宋诗纪事》卷十作"暄""尽"。

【王相注】

霜禽，寒雀也。

檀板，拍板以按歌者也。

言众芳已落，而梅花独妍，可谓占断红紫之风情，而为百花魁首也。清浅之水，映横斜之疏影。黄昏之月色，照浮动之暗香。霜禽欲下，偷眼先窥。粉蝶如知，芳魂欲断。盖此时尚未有蝶也。幸有微吟之诗，可以相狎，不须檀板、金樽以赏之也。

宋，林逋，字君复[①]。孤山隐士。

【黎恂注】

和靖，名逋，字君复，宋钱塘人。隐西湖之孤山，真宗闻其名，诏长吏岁时劳问。卒，赐谥和靖先生。

《归田录》："逋工于书。善为诗，如《梅花》诗'疏影横斜'云云。评者谓前世咏梅者多矣，未有此句也。及其临终为句云：'茂陵他日求遗稿，犹喜曾无封禅书。'尤为人称颂。自逋之卒，湖山寂寥，未有继者。"

《诗话总龟》："黄山谷云：'欧阳文忠公，极赏林和靖'疏影横斜'二句，而不知和靖别有《咏梅》一联云：'雪后园林才半树，水边篱落忽横枝。'似胜前句。文章大概如女色，好恶止系于人。'"

按：次首云："吟怀长恨负芳时，为见梅花辄入诗。雪后园林才半树，水边篱落忽横枝。人怜红艳多应俗，天与清香似有私。堪笑胡雏亦风味，解将声调角中吹。"

① 王相本作"字和靖"，误，和靖为赐谥。林逋小传详见黎恂注。

自　咏[①]

韩　愈

一封朝奏九重天，夕贬潮阳路八千。
本为圣朝除弊政，敢将衰朽惜残年。
云横秦岭家何在？雪拥蓝关马不前。
知汝远来应有意，好收吾骨瘴江边。

【王相注】

此文公上《佛骨表》谏宪宗，贬潮州刺史，途偶侄孙韩湘而作也。“云横”二句，乃韩湘在长安时祝寿之联，至此而方应也。言上书谏主，朝奏而夕贬，去京有八千之程。本为朝廷除异端之教，又敢辞远谪以惜衰朽之残年乎？望秦岭之云，有家难见。度蓝关而雪拥，马不能前。吾侄孙冒雪而来，知汝之意，恐吾远死遐荒，好收吾骨于瘴疠之江边也。

【黎恂注】

本集：阳，作“州”。本，作“欲”。政，作“事”。朝，作“明”。敢，作“肯”。

《唐书·地理志》：“岭南道，潮州潮阳郡，本义安郡。”按：潮州，隋时改置。

《西京记》：“长安正南山名秦岭，东起商、洛，西尽汧、陇，东西八百里。”岭水北流入渭，谓之八百秦川。旧记云，终南山深处，高而长大者，曰秦岭。

蓝关，即秦之峣关，在今蓝田县。

湘，字北渚。

---

① 黎恂本、宋蜀刻本《昌黎先生文集》卷十、四库本《全唐诗》卷三百四十四题作“左迁至蓝关示侄孙湘”。

《酉阳杂俎》:"韩侍郎有疏从子侄,自江淮来,年少狂率,韩责之。谢曰:'某有一艺。'因指阶前牡丹曰:'要此花青、紫、红、赤,唯命。'韩试之,乃掘窠,旦暮治其根,七日花发,色白黄历绿,每朵有一联诗,字色紫,乃公出关时诗'云横秦岭'二句,韩大惊异。后辞归江淮,终不愿仕。"

《青琐高议》:"湘,公侄,落魄不羁,公勉之学,乃笑作诗,有'解作逡巡酒,能开顷刻花'之句。公曰:'汝能夺造化开花乎?'湘遂聚土覆盆,良久曰:'花已发矣。'举盆乃碧花二朵,叶间有小金字,乃诗一联,云'云横秦岭'二句,公未晓诗意。湘曰:'事久方验。'公后贬潮阳,途有一人冒雪而来,乃湘也。湘曰:'公忆及上之句乎?'公询地名,即蓝田关。嗟叹命笔,续成全篇,乃此诗也。"

二说互不同。公逸诗有《徐州赠族侄》云:"自言有奇术,探妙知天工。"意若指此。东坡有《冬日牡丹》诗云:"使君要见蓝关咏,须请韩郎为染根。"则是亦用《酉阳杂俎》事。

按:公兄介,生子百川、老成。老成,即公祭文所称之十二郎,老成生子湘、滂。元和十四年,公谪潮州,湘与滂皆侍行。公自潮移袁州,滂死于袁,见公《韩滂墓志铭》。湘登长庆三年第,官大理丞,似非学出世者。顾侠君曰:"《仙传拾遗》所载,与《青琐高议》小异,大约皆后世不经之语,未可尽信也。"

干　戈

王　中

干戈未定欲何之?一事无成两鬓丝。
踪迹大纲王粲传,情怀小样杜陵诗。
鹡鸰音断云千里,乌鹊巢寒月一枝。
安得中山千日酒?酩然直到太平时。

【王相注】

言干戈不定而无可避，一事未成，人已老也。王粲当汉末赋诗感怀，杜甫以唐乱行吟自遣。予之心迹，殆大同而小异也。鹡鸰知有兄弟患难，哀鸣以相救。予有兄弟，则千里无音。乌鹊南飞，绕树而无枝叶可栖，予亦近似。安得占中山仙人酿千日之酒，使人一饮而醉，至太平时方醒乎？

王中，字积翁，宋末诗人。

【黎恂注】

作者朝代、里居未详。

王粲，字仲宣，汉山阳高平人。西京扰乱，乃之荆州依刘表，后曹操辟为右丞相。

《博物志》："刘元石从中山沽酒，酒家与之千日酒，至家而醉，其家不知，以为死矣，棺敛葬之。酒家计满千日，往视之，云已葬。发冢开棺，醉始醒。故俗云：'元石饮酒，一醉千日。'"

归　隐

陈　抟

十年踪迹走红尘，回首青山入梦频。
紫绶纵荣争及睡？朱门虽富不如贫。
愁闻剑戟扶危主，闷听笙歌聒醉人。
携取旧书归旧隐，野花啼鸟一般春。

【王相注】

先生于五代时，曾应进士举，既而悔悟，乃弃名归隐，而作是诗也。言读书以来，为功名而奔走红尘，回首故园，惟有频入梦中而已。况当干戈扰攘之秋，紫绶金章，朝荣而夕贱，不如隐卧为高。甲第朱门，昔焕而今倾，不如安贫为上。且朝梁暮晋，社稷频移，为君者倾危而可忧。锦瑟瑶琴，欢娱不久，沉溺者皆醉而可厌。不如携书归隐，闲玩野花啼鸟，自有一般春色也。

陈抟，字图南，五代隐士。

时世行[①]

杜荀鹤

夫因兵乱守蓬茅，麻苎裙衫鬓发焦。
桑柘废来犹纳税，田园荒尽尚征苗。
时挑野菜和根煮，旋斫生柴带叶烧。
任是深山最[②]深处，也应无计避征徭。

【王相注】

言田妇之夫，因兵乱而困守蓬茅，妇衣不充，惟穿麻苎裙衫，首不整鬓发憔悴也。桑柘枯废，犹供国税，田园荒芜，尚且征税。三联“野菜”“生柴”，言困穷之极。征徭不免，虽深山之处，无计可避，极言其困也。

唐，杜荀鹤，号九华山人。大顺进士。

【黎恂注】

一作《时世吟》，俗作《伤时世》。

彦之，名荀鹤，唐池州人。大顺二年，第一人擢第，后还旧山。宣州田

① 黎恂本、宋刻本《杜荀鹤文集》卷二、四库本《全唐诗》卷六百九十二题作“山中寡妇”。
② “最”，宋刻本《杜荀鹤文集》卷二、四库本《全唐诗》卷六百九十二作“更”。

頵遣至汴通好，朱全忠厚遇之，表授翰林学士、主客员外郎、知制诰。恃势侮易缙绅，为众所恶。有《唐风集》。

《藏海诗话》："老杜诗：'本卖文为活，翻令室倒悬。荆扉深蔓草，土锉冷疏烟。'此言贫不露筋骨。如杜荀鹤'时挑野菜和根煮'二语，直言穷愁之迹，所以鄙陋。"

《全唐诗话》："杜荀鹤有诗名，号九华山人。擢第，授翰林学士、知制诰。或曰：'荀鹤，牧之微子也。牧之自齐安移守秋浦时，妾有妊，出嫁长林乡正杜筠，生荀鹤。擢第，年四十六矣。'"

《艺苑雌黄》："《唐风集》诗极低下，惟《宫怨》一联'风暖鸟声碎，日高花影重'，为一篇警策。而永叔《归田录》乃云'周朴'之句，不知何以云然。"

赠天师

宁献王①

霜落芝城柳影疏，殷勤送客出鄱湖。
黄金甲锁雷霆印，红锦绦缠日月符。
天上晓行骑只鹤，人间夜宿解双凫。
匆匆归到神仙府，为问蟠桃熟也无？

【王相注】

献王，明高帝子，讳权，封南昌。

天师世居广信，朝王而赠以诗也。

芝城、鄱湖，皆在江右，天师所经之地。

印比雷霆，符如日月，言道术之高。跨鹤而来，乘凫而去，言仙迹之迅。

---

① 黎恂本题作"送天师"，作者名作"明世宗"。

归仙府而问蟠桃，皆极赞其洞府之奇也。

【黎恂注】

《明史》："汉张道陵裔孙，世居贵溪龙虎山。元时，赐号天师。太祖曰：'天有师乎？'改授正一嗣教真人，赐银印，秩视二品，世袭。成化中，廷臣请停袭，未许。嘉靖中，赐金印。隆庆初，去真人号，改授上清观提点，秩五品，给铜印。"

芝城，即饶州府，注已见前。

鄱阳湖，在饶州府西四十里，周回四百五十里，浸南昌、饶州、南康、九江四府之境。即《禹贡》彭蠡也，一名宫亭湖。

《真诰》："玉局治在成都南。永寿元年七月七日，太上乘白鹿，张天师乘白鹤，来至此。"

《后汉书》："王乔为叶令，每月朔望，自县诣台朝，帝怪其来数，令太史伺之。言其临至，辄有双凫从东南来，于是候凫至，举罗张之，但得一只舄。"

《十洲记》："东海有山名度索，有大桃树，屈盘数千里，曰蟠桃。"《汉武内传》："王母命使女取桃，以玉盘盛七枚至，四与帝食，母自食三。帝欲收核种之，母曰：'此桃三千年一实，中夏土薄，种之不生。'帝乃止。"

送毛伯温[1]

明世宗

大将南征胆气豪，腰横秋水雁翎刀。

---

① 黎恂本题作"南征"。四库本《明太祖文集》卷二十、四库本《四朝诗·明诗》卷一作"赐都督佥事杨文广征南"，且诗句有异，《明太祖文集》《四朝诗·明诗》为："大将南征胆气豪，腰悬秋水吕虔刀。雷鸣甲胄乾坤静，风动旌旗日月高。世上麒麟真有种，穴中蝼蚁竟何逃？大标铜柱归来日，庭院春深听伯劳。"

风吹鼍鼓山河动，电闪旌旗日月高。
天上麒麟原有种，穴中蝼蚁岂能逃？
太平待诏归来日，朕与先生解战袍。

【王相注】

世宗，即嘉靖帝也。

时安南谋反，帝命南宁伯毛伯温征之，亲作此诗以送之。首联，言其人物英豪。次言旗鼓壮丽。麒麟有种，言世卿之贵。蝼蚁难逃，言南蛮必灭。末联，望其凯旋而奏捷也。

按：叠山选本，皆唐、宋诗。末二首明诗，不知何年赘入。童蒙久诵，姑并存之。

【黎恂注】

世宗命毛公征云南赠行。

世宗，讳厚熜，兴献王子，宪宗之孙。武宗无子，入继大统，建元嘉靖，在位四十五年。

俗本称为太祖作，误。

《明史》："毛伯温，字汝厉，江西吉水人。正德三年进士。嘉靖中，安南国莫登庸有罪，世宗命伯温、仇鸾南征，文武三品以下不用命者，许军令从事。十九年，伯温进驻南宁，登庸纳款，诏以安南国为安南都统使司。伯温论功，加太子太保。"

韦员外家花树歌

岑　参

今年花似去年好，去年人到今年老。

始知人老不如花，可惜落花君莫扫。
君家兄弟不可当，列卿御史尚书郎。
朝回花底恒会客，花扑玉缸春酒香。

【黎恂注】

岑，名参，唐南阳人。文本之后，天宝三载进士。累官右补阙、太子中允。代宗总戎陕服，委以书奏之任，由库部郎中出刺嘉州。杜鸿渐镇西川，表为从事，以职方郎兼侍御史，领幕职。使罢，流寓不还，遂终于蜀。嘉州诗，辞意清切，迥拔孤秀，多出佳境。每一篇出，人竞传写，比之吴均、何逊焉。

五言千家诗卷上

春　眠

孟浩然

春眠不觉晓，处处闻啼鸟。
夜来风雨声，花落知多少。

【王相注】

此先生高隐自得，不求闻达而不系情于世务之寓言也。言方春暮犹寒，日高而始寤，不觉其晓，但闻窗外啼鸟之声也。因想昨宵枕上风雨之声不绝，想庭前花吹落不知多少矣。因风雨而恋春眠，闻鸟声而未起，任花落而不知，其萧然闲适之情，亦可见矣。

孟浩然，字浩然，襄阳人，开元中隐居鹿门山。盛唐。

访袁拾遗不遇

孟浩然

洛阳访才子，江岭作流人。
闻说梅花早，何如此地春！

【王相注】

江岭，江西之庾岭。

流人，有罪而流放于岭外也。

浩然访友不遇，而伤其被放而作也。拾遗，洛阳人，孟公之友也。特至洛阳访之，不意袁已被罪免官，而流放于岭外矣，故作诗寄之。

庾岭地暖，梅花早开，公盖未至也，故曰“闻说”。

言岭梅虽早，岂如故园春色之可乐哉？惜才人之不幸也。

送郭司仓

王昌龄

映门淮水绿，留骑主人心。
明月随良掾，春潮夜夜深。

【王相注】

掾，音雁。

司仓，今之管粮主簿也。

掾，属吏也，县佐为掾。

少伯送掾而惜其去。言吾门庭方春而淮水映绿，暂留饮饯，以尽地主之心也。良掾虽难留，而明月亦随掾而去矣。掾虽去，犹幸淮水春潮夜夜弥深，而相与共居于此水之上也。

昌龄，字少伯，江宁人，开元中仕至龙标尉。盛唐。

洛阳道

储光羲

大道直如发，春日佳气多。
五陵贵公子，双双鸣玉珂。

【王相注】

洛阳，唐之东都也。

五陵，帝王陵寝，附近之处多贵臣所居。

玉珂，马铃也。

此言东都贵游之盛也。言东都之官衢宽阔，而路直如发。芳春而景物韶华佳丽。游骑之多，而五陵年少之贵介公子，双双两两并马春游，鸣銮佩玉之声，相续而不绝也。

光羲，润州人，天宝中为御史。盛唐。

独坐敬亭山

李　白

众鸟高飞尽，孤云独去闲。
相看两不厌，只有敬亭山。

【王相注】

山在宣州城外，太白登山独坐而作此诗。言山有鸟有云，独坐之久，鸟与云皆飞散，惟己与山相对，是人不厌山，山不厌人也。

李白，字太白，号谪仙，官翰林。盛唐。

登鹳雀楼

王之涣

白日依山尽，黄河入海流。
欲穷千里目，更上一层楼。

【王相注】

鹳雀楼，楼在蒲州。

此登楼眺望之作也。登此楼时已薄暮，但见白日依山而欲尽，黄河之水由西滔滔东入于海矣。然楼中所见，尚为山所蔽、树所遮，而楼之上更有一层，于是登最高之处而望之，则千里长河及群山万壑，俨然在目矣。

之涣，盛唐诗人。

观永乐公主入蕃[①]

孙　逖

边地莺花少，年来未觉新。
美人天上落，龙塞始应春。

① 四库本《全唐诗》卷一百十九题作“同洛阳李少府观永乐公主入蕃”。

【王相注】

逖，音狄。

龙塞，龙荒边塞之地。

唐凡以宗女出嫁外蕃，例封公主，逖见之有感而作。言边地苦寒，莺燕不生，春花罕发，虽过新年而未见春光之丽。今公主自京而来，如从天降，应使边塞遐荒之地，始知春色矣。盖伤之而反言之也。

逖，潞州涉县人①，中书舍人。盛唐。

伊州歌

盖嘉运

打起黄莺儿，莫教枝上啼。
啼时惊妾梦，不得到辽西。

【王相注】

伊州，在边外，古伊吾国也。

此代边人之妇思夫之作也。言夫不可见，惟忆梦寐之中或见之。无奈莺啼时惊梦觉，故欲打散莺儿，不使频惊吾梦，庶妾魂可到辽西与夫相见也。

盖嘉运，晚唐人，西凉节度使。或曰盛唐。

---

① 王相本原作“传州人”，误。据惧盈斋本《旧唐书》卷一百九十改。

左掖梨花

丘　为

冷艳全欺雪，馀香乍入衣。
春风且莫定，吹向玉阶飞。

【王相注】

左掖，在宫禁之左。

此初任而以花自比，求知于主之作也。言梨花冷艳如雪，开自宫垣禁掖之中，生香而袭御衣也。春风自四方而来，犹主恩难冀而莫定。吹向玉阶飞舞，犹小臣时得傍君，以希龙颜之一顾也。

丘为，嘉兴人，官太子庶子。盛唐。

思君恩

令狐楚

小苑莺歌歇，长门蝶舞多。
眼看春又去，翠辇不曾过。

【王相注】

思君恩，宫词。

此写宫妃望主之情也。言小苑之内，春暮而莺声已歇。长门之中，但观蝶舞耳。是一年之春又去，而君王之翠辇曾不一经过焉，则宫中之人伤春而望幸可知矣。

楚，敦煌人，相宪宗。子绹，相宣宗。

题袁氏别业

贺知章

主人不相识，偶坐为林泉。
莫谩愁沽酒，囊中自有钱。

【王相注】

非正居为别业，如园林、书院之类。

此春游闲玩之作。言观林泉之佳趣，偶来坐此，初不识主人之面，主人不愁无钱沽酒，我自有钱以沽也。

知章，字季真，四明人，武后时为学士。初唐。

夜送赵纵

杨　炯

赵氏连城璧，由来天下传。
送君还旧府，明月满前川。

【王相注】

此送友之诗。言赵子赵人，其才如赵王连城之璧，天下闻之久矣。吾送子于明月之下，还归赵州本国之故府，而朗然明月照满前川之上，犹得与故人共之也。

杨炯，华阴人，举神童，为盈川令。与王勃、骆宾王、卢照邻为初唐四杰。

竹里馆

王　维

独坐幽篁里，弹琴复长啸。
深林人不知，明月来相照。

【王相注】

篁，竹也。竹本清幽之品，故曰幽篁。

此言独居之乐也。维在辋川竹里馆中，独坐幽竹之下，挥琴一曲，长啸数声。深林之中，人不知之，但有明月相照而已。

维，字摩诘，开元中为尚书右丞。盛唐。

送朱大入秦

孟浩然

游人五陵去，宝剑值千金。
分手脱相赠，平生一片心。

【王相注】

以剑赠友之诗也。言故人向长安而去，长安有五陵，多豪侠所居，不可无剑也。故赠尔以千金宝剑，以表吾平生一片尚友之壮心也。

长干行

崔　颢

君家在何处？妾住在横塘。
停船暂借问，或恐是同乡。

【王相注】

长干，在金陵。

横塘，在金陵麒麟门外。

此拟游女与游子相问答之辞也。言游女问郎家住何处，不待其答，而又自言家住钟山之横塘。疑郎声音与妾相近，故停舟而暂问之，恐是故乡之人，可相结而致殷勤也。

崔颢，汴州人，开元中司勋员外郎。盛唐。

咏　史

高　适

尚有绨袍赠，应怜范叔寒。
不知天下士，犹作布衣看。

【王相注】

绨袍，丝绵之袍也。

昔魏以须贾、范雎使齐，齐王重雎之才，赐之金，而不及贾。贾归而诉于魏相魏齐，魏齐以雎通于齐也，而痛杖之。雎死而复苏，乃逃入秦，更名张禄，说秦昭襄王，王大悦，拜为相，征伐诸侯，威震天下。魏使须贾入贡于秦，雎闻贾来，乃敝衣而先谒贾，贾见其寒而怜之曰："范叔尚在乎？何一寒如此哉！"乃解绨袍衣之。雎曰："幸得不死，为丞相张君御车耳。"贾曰："吾数见张君，门者不纳，子为吾通之。"雎乃为贾御车至相府，雎先入，贾讶曰："范叔何久不出？"门者曰："乃丞相张君也。"贾惊，肉袒匍匐谢罪。范雎曰："汝罪当死，今得不死者，以子绨袍恋恋，尚有故人之情也。"乃赦之。高言：贾虽有死于范叔雎，其寒而衣之，不知其鼎贵，犹以为布衣寒士也。

适，字达夫，沧州人，历官常侍。盛唐。

罢相作

李适之

避贤初罢相，乐圣且衔杯。
为问门前客，今朝几个来？

【王相注】

乐圣，古人以清酒为圣人，浊酒为贤人，皆隐语也。

公退位有感而作也。言己无能，不堪居相，当避位以让贤者。安居无事，惟衔怀纵酒以自乐也。然昔之为相，宾客满堂，今已去位，而门庭冷落。顾我而来者，曾有几人哉？

适之，唐宗室，天宝中为左相。善饮，与李白等为饮中八仙。盛唐。

逢侠者

钱　起

燕赵悲歌士，相逢剧孟家。
寸心言不尽，前路日将斜。

【王相注】

侠者，剑客也。

剧，音吉。剧孟，汉之大侠，起借以比侠者也。

燕赵古多慷慨悲歌之士，如荆轲、聂政之流，至唐犹盛也。起路逢剑侠之士，因作诗以赠之。言子固燕赵之侠士也，与子幸逢于洛阳道中，又汉侠士剧孟之乡，于是两心相契而纵谈悲壮不平之事。无奈高谈未尽，而夕阳已斜，又将分手而别也。

起，字仲文，吴兴人，天宝中及第，官考功郎。中唐。

江行望匡庐

钱　起

咫尺愁风雨，匡庐不可登。
只疑云雾窟，犹有六朝僧。

【王相注】

庐山，一名匡庐。

周有匡俗先生结庐于此，其后成仙，故名。

庐山在九江府最高，江行千里内皆见之。六朝，吴、晋、宋、齐、梁、陈也。多有高僧止息于此。起欲登山，值风雨所阻而不能上。舟中高望，但见云雾迷漫而已。意此云雾之中，必多尊宿，恐六朝之高僧或有存焉者耳。

答李澣

韦应物

林中观《易》罢，溪上对鸥闲。
楚俗饶词客，何人最往还？

【王相注】

饶，多也。

词客，才人也。

澣，韦之友也。仕楚而归，以诗赠韦，韦答之以诗曰："子问吾近状乎？惟林中读《周易》，池上对白鸥而已。子自楚来，楚中多才，如屈原、宋玉者，今亦不乏。子与何人往来酬唱而最为得意者乎？"

韦应物，京兆人，仕至苏州刺史。中唐。

秋风引

刘禹锡

何处秋风至？萧萧送雁群。
朝来入庭树，孤客最先闻。

【王相注】

梦得客邸伤秋之诗也。言秋风何来？我但见逐群雁而南飞，则知西北凄凉之风也。朝来飒飒而吹庭树，人皆闻之，惟孤客不寐，方其中宵，透帘帏而响林树，则吾已闻之久矣。

禹锡，字梦得，中山人，贞元进士，仕至太子宾客。中唐。

秋夜寄丘员外[①]

韦应物

怀君属秋夜，散步咏凉天。
山空松子落，幽人应未眠。

【王相注】

幽人，高旷幽隐之人。

怀丘为而作也。言秋夜怀故人，不能即枕，因散步吟咏于凉天夜月之下。秋山空寂，松子飘落于满径，想此夜景凄清，而我所怀之幽人，当此时亦未眠也。

秋　日

耿　湋

返照入闾巷，忧来谁共语？

---

① 《四部丛刊》景明嘉靖本《韦刺史诗集》卷三、四库本《全唐诗》卷一百八十八题作“秋夜寄丘二十二员外”。

古道少人行,秋风动禾黍。

【王相注】

山居寂寞之作也。言夕阳返照于闾巷之中,则此日已暮,忧从中来,不可解结,有谁相与共话而暂为消释哉?匪惟无人共话,而夕阳古道之中,且无行人焉,惟有西风萧瑟,吹动田间之禾黍而已。

耿湋,河东人,大历中为左拾遗。盛唐。

秋日湖上

薛　莹

落日五湖游,烟波处处愁。
浮沉千古事,谁与问东流?

【王相注】

苏州太湖,一名五湖,又名震泽,又名霅溪。

湖上怀古之作也。言泛游于五湖之上,日落而烟生,风起而波动,则游人之愁绪兴也。况日落而此日已逝,秋深而此岁将尽,吴亡越霸五湖千古之事,已为陈迹而不可问,已付于东流之水矣,又何言哉!

莹,河东人,仕至左拾遗。晚唐。

宫中题

文宗皇帝

辇路生秋草，上林花满枝。
凭高何限意，无复侍臣知。

【王相注】

辇路，宫中御路也。

天子受制于权臣，有感而作也。无心游赏，御驾久稀，则辇路草生矣。春草未除，秋草又生，春花久落，秋花又开，而上林之游宴，亦久不临赏矣。此无限之闲心，虽近侍之臣，亦不得而知之也。

帝讳昂，穆宗之子[①]，在位十四年。

寻隐者不遇

贾　岛

松下问童子，言师采药去。
只在此山中，云深不知处。

【王相注】

访友不遇，自为问答之辞也。言我访隐者，值其他出，因步至松下而问其童子焉。童子言："我师出门采药。"问其何处，言："只在此山白云深处，

① 王相本原作"帝讳恒，宪宗之子"，误。据惧盈斋本《旧唐书》卷一百七十五改。

而不知其所在也。”则幽人高隐之意，自在其中矣。

贾岛，字阆仙，范阳人，仕终长江尉。晚唐。

汾上惊秋

苏　颋

北风吹白云，万里渡河汾。
心绪逢摇落，秋声不可闻。

【王相注】

颋，音梃。

许公奉使渡汾河而惊秋之作也。汾上去东都未甚远，而言万里者，将有万里之行也。客方有万里之行，何堪北风蚤至，云物复凉，木叶飘摇，秋声悲壮，则前途遥远，愈入寒凉之地，长途之苦，可胜惜哉！

颋，字廷硕，相玄宗，封许国公。初唐。

蜀道后期

张　说

客心争日月，来往预期程。
秋风不相待，先至洛阳城。

【王相注】

说，音悦。

燕公与友自蜀而归，间道相期同入东都。公有事失期，而此人先至，故赠以诗也。言为客之归欲早，虽先归一日，亦以为快。是以与子订期，携手同入于洛，不意秋风趁子之便，不待我而已先入洛，则我之后期可知也。

张说，字道济，洛阳人，相玄宗。与苏颋俱有文名，掌朝廷制诰、著作，人称“燕许大手笔”。

静夜思

李　白

床前明月光，疑是地上霜。
举头望明月，低头思故乡。

【王相注】

静夜思，乐府题。

此见月思乡之作也。言将寝之时，明月入窗，照我床头，其白如霜，而床前安得有霜？举头而观，则明月正当空也。因月而疑霜，因霜而思寒，月冷霜寒则低头徘徊，又动我故乡之思矣。

秋浦歌

李　白

白发三千丈，缘愁似个长。
不知明镜里，何处得秋霜？

【王相注】

秋浦，在池州青阳县。

太白流寓池阳有感而作也。言吾发因愁而白，若以茎计之，应有三千馀丈。而离人之愁思，又比白发犹长也。而吾初时览镜，发未白也。不知日照日生，日白日多，如秋霜肃而草木黄落也，然而明镜之中，安得有秋霜哉？亦愁之所使也。

赠乔侍御[1]

陈子昂

汉庭荣巧宦，云阁薄边功。
可怜骢马使，白首为谁雄？

【王相注】

汉桓典为御史，有威名，人称为“骢马御史”。伤侍御以直道而不见用也。

汉朝廷，犹本朝也。

巧宦，不以正得官，贿赂权要而迁职也。

云阁，犹言云台麟阁，指边疆武臣也。

力战御边，反不蒙赏。公侯之位，亦巧宦者居之，是文武皆不以正也。子为御史，自壮至老而不升迁，直言不用，白首立朝，一片雄心为谁而效乎？

陈子昂，字伯玉，蜀人，官右拾遗[2]。初唐。

---

① 《四部丛刊》景明本《陈伯玉文集》卷二、四库本《全唐诗》卷八十四题作“题赠祀山烽树乔十二侍御”。

② 王相本原作“左拾遗”，误。据百衲本《新唐书》卷一百七十改为“右拾遗”。

答武陵太守

王昌龄

仗剑行千里，微躯敢一言。
曾为大梁客，不负信陵恩。

【王相注】

武陵，今常德府。

梁信陵君魏无忌食客三千馀人。

别田太守之作也。昌龄客武陵，将返金陵，太守饯之，答以诗也。言吾仗剑为千里之行，感君之意，临别而以一言相酬可乎？念我曾为游客于大梁矣，受信陵君知遇之隆，今虽他往，敢负其恩哉！以大梁比武陵，以信陵比太守也。

行军九日思长安故园

岑　参

强欲登高去，无人送酒来。
遥怜故园菊，应傍战场开。

【王相注】

陶公居柴桑九日，太守王弘使白衣人送酒。

从军而思故园之作。言身在军中，边警稍息，当此佳节，非无高山可游，秋色可玩也，其奈无人送酒而此兴遂阑。军中稍闲，而长安扰乱，君上播迁，而吾乡故园之菊，恐应践踏为战场矣，伤哉！

参，肃宗时为侍御史，仕至嘉州刺史。盛唐。

婕妤怨

皇甫冉

花枝出建章，凤管发昭阳。
借问承恩者，双蛾几许长？

【王相注】

婕妤，音接予，宫妃名。

汉成帝，班婕妤贤而无宠，后人多咏之，谱入乐府。

此拟古乐府题而写婕妤之怨也。昔婕妤静处深宫，不希恩宠，见别宫如花之女，奉诏而入建章宫。又闻朝阳殿内已品凤管鸾箫以宴之矣。试问承恩之美女，双蛾之眉黛几许之长，则亦同吾一样之娥眉也，何有异哉？

冉，晚唐诗人。

题竹林寺

朱　放

岁月人间促，烟霞此地多。
殷勤竹林寺，更得几回过？

【王相注】

竹林寺，寺在庐山。

言岁月易度，幽赏难期，此地烟霞名胜之区，人迹罕到，故吾于此殷勤眷恋而不忍去，自此之后能有几回再到也？

朱放，襄州人，为曹王参军。中唐。

三闾庙[①]

戴叔伦

沅湘流不尽，屈子怨何深！
日暮秋风起，萧萧枫树林。

【王相注】

庙在沅州。

楚大夫屈原，掌昭、屈、景三家之族，故称为“三闾大夫”。

吊屈原也。屈原忠而见疑，投江而死，楚人哀之，故为立庙。故诗意曰：湘沅之江水滔滔不尽，如屈子之怨一何深也！我来吊之，但见白日已暮，秋风乍鸣，枫叶萧萧，飘红满径，不胜今昔之感也！

叔伦，字幼公，润州人，仕容管[②]经略使。中唐。

---

① 明嘉靖刻本《万首唐人绝句诗》卷三、四库本《全唐诗》卷二百七十四题作“过三闾庙”。

② 王相本原作“并管”，误。据百衲本《新唐书》卷一百四十三改为“容管”。

易水送别

骆宾王

此地别燕丹，壮士发冲冠。
昔时人已没，今日水犹寒。

【王相注】

燕丹，燕太子丹也。

壮士，刺客荆轲也。

昔燕之刺客荆轲之入秦也，燕太子送之于易水之上。荆轲按剑而歌曰："风萧萧兮易水寒，壮士一去兮不复还。"其慷慨激烈，怒发冲冠，虽事不成，为秦所诛，而悲歌壮气，千载犹生。故宾王于此地别友，感荆轲之事而咏之曰：昔年荆轲曾于此地与燕太子别也，慷慨悲歌，其发上冲，直指于冠矣。此人已没，此水至今犹寒，其千秋英烈之气，犹可想见也。

宾王，义乌人，为临海丞。作檄文讨武后，兵败为僧，居灵隐寺。中唐。

别卢秦卿

司空曙

知有前期在，难分此夜中。
无将故人酒，不及石尤风。

【王相注】

石尤风，打头风也，能阻行人之将发。

别友而欲留不可得之诗也。言与子为别，明知有后会之期，无奈此时此夜之情何。故人有酒，思留之而不可得，反不如石尤之风能阻行舟，使我二人不得遽别。亦无可奈何之诗也。

司空曙，广平人，官虞部郎中。中唐。

答　人

太上隐者

偶来松树下，高枕石头眠。
山中无历日，寒尽不知年。

【王相注】

隐者居终南，自称太上隐者，不知姓氏寿年，人见而问焉，故口答以诗。言我偶来至此，枕石而眠，眠觉而仍归山。山中无有岁历，不知年月时节，但见暑往寒来，不忆其为何年何月也。其高致如此。

五言千家诗卷下

幸蜀回至剑门

玄宗皇帝

剑阁横云峻，銮舆出狩回。
翠屏千仞合，丹嶂五丁开。
灌木萦旗转，仙云拂马来。
乘时方在德，嗟尔勒铭才。

【王相注】

五丁，古力士，开山通蜀。

帝因禄山之乱，游兵入蜀。太子肃宗立，尊号上皇。明年，禄山平，肃宗迎帝回銮，车驾次剑门，顾侍臣曰："剑门天险若此，自古及今败亡相继，岂非在德不在险耶？"因驻跸题诗。言剑阁之形，两峰如剑，高峻入云，峰顶横而为阁。予为避乱而出狩于蜀，今且回銮也，但见山之色青翠而形如屏列，千峰万叠合抱而来，但有一线之道可通。石赤如丹，其门如嶂，非古五丁之巨力而开辟之，则秦、蜀之地何由而通也？而千年丛灌之古木，遮蔽旌旗，展转而或隐或见。岭上之行云，如飞仙冉冉，拂马或去或来。剑门之险峻如此，有国者不可恃险而忘治，而须有德以临之则固矣。嗟尔，诸臣平定祸乱，远来迎朕回銮以安社稷，其功勋才德足以勒钟鼎而铭旗常也。

玄宗，讳隆基，高宗孙，睿宗子，在位四十五年。禅位后，称太上皇帝七年。

和晋陵陆丞相早春游望

杜审言

独有宦游人，偏惊物候新。
云霞出海曙，梅柳渡江春。
淑气催黄鸟，晴光转绿蘋。
忽闻歌古调，归思欲沾巾。

【王相注】

晋陵，今常州。

陆丞相有《早春》诗，审言依意而和之也。言宦游之人，劳于民事，不知光阴之速，忽惊物候之新也。晋陵地近东海，云霞映日而先出，则见天之已曙。江南地暖而花先发，观早梅之放，柳色之青，则知春色之回。芳淑之气，催黄鸟之迁乔；晴暖之光，觉水蘋之欲绿。睹春色之初回，伤宦游之未已，而思归之泪迨欲沾巾也。

杜审言，字必简，官学士，甫之祖。初唐。

蓬莱三殿侍宴奉敕咏终南山

杜审言

北斗挂城边，南山倚殿前。
云标金阙迥，树杪玉堂悬。
半岭通佳气，中峰绕瑞烟。
小臣持献寿，长此戴尧天。

【王相注】

杪，音眇，末也。

唐大明宫，内有紫宸、蓬莱、含元三殿。

终南山，在长安城南，京都之对山也。

审言因圣寿赐宴而奉敕咏终南之诗也。言北斗挂帝城之角，南山倚宫殿之前，山中金阙嵯峨于云霄之上，而白玉堂又居山崖之巅、云树之末。山岭之半，接帝京之佳气。山峰之内，绕仙家之瑞烟。小臣欲颂圣人之德，敬以南山比天子之寿，常戴于尧天舜日之下也。

春夜别友人

陈子昂

银烛吐清烟，金樽对绮筵。
离堂思琴瑟，别路绕山川。
明月隐高树，长河没晓天。
悠悠洛阳去，此会在何年？

【王相注】

子昂居蜀，有入洛之行，友人张筵以饯之，临别而赠主人以诗也。言子之饯我于春夜也，银烛之光，清烟缭绕。金樽之举，绮席珍罗，高堂之乐，奏琴瑟以动离思。去路迢遥，有万里山川之远。是以留恋通宵，不忍分手。明月西下隐蔽于高树，天欲晓而银河渐没矣。承子之饯，而吾则悠悠道途，向洛阳而去矣。归期难定，不知再会于何年也！

长宁公主东庄侍宴

李　峤

别业临青甸，鸣銮降紫霄。
长筵鹓鹭集，仙管凤凰调。
树接南山近，烟含北渚遥。
承恩咸已醉，恋赏未还镳。

【王相注】

鹓，音鸳，义同。

镳，音标，銮也。

长宁公主，中宗女，有宠于帝，特赐东庄，中宗与后皆临幸之。故峤以宰相得随驾赐宴，应帝之制而作此诗也。

别业，东庄之别馆也。

甸，皇畿之近甸也，在东郊，故曰青甸。

天子之驾，曰銮。

紫霄，犹天也。言帝后銮舆犹从天而降也。鹓鹭之集于水，班行成列，以比群臣侍宴如鹓鹭之集也。

仙管，箫也，箫能引凤，言音乐也。

南山，终南。

北渚，渭水也。

言云树接乎终南，烟霞映乎渭水也。百官承天恩赐宴，皆已沾醉。而天子悦恋山水之胜，而銮舆尚未遽还也。

峤，字巨山，赵人。相武后、中宗。初唐。

恩赐丽正殿书院赐宴应制得林字[①]

张 说

东壁图书府，西园翰墨林。
诵《诗》闻国政，讲《易》见天心。
位窃和羹重，恩叨醉酒深。
载歌春兴曲，情竭为知音。

【王相注】

玄宗以说为书院使，掌儒臣讲读事。

书院既成，上宴儒臣，说以宰相掌院事，应帝制而赋此诗，得“林”字之韵也。东壁二星，主天下文人。魏曹子建置西园以招文士。说言书院之建，上应东壁文章，乃图书之府也，聚天下之才子讲究诗书，如子建西园文人雅集，诚翰墨之林也。以言《诗》，《国风》《雅》《颂》，政事在焉。以言《易》，则两仪、四象，天地之心见焉。以言己职，则居相而窃调羹和鼎之重。以言君恩，则既醉以酒，又饱以德，而叨圣主之深恩。以言应制，则儒臣才士之多，老臣之诗思顿竭，勉强而赋此，恐知音所诮也。

送友人

李 白

青山横北郭，白水绕东城。

① 四库本《全唐诗》卷八十七题作“恩制赐食于丽正殿书院宴赋得林字”。

此地一为别，孤蓬万里征。
浮云游子意，落日故人情。
挥手自兹去，萧萧班马鸣。

【王相注】

太白送友之诗。意曰：送子出北郭，则青山横亘于前。送子登舟，则长河一水绕城而东去矣。从此与子一别，而孤蓬泛泛，万里长征。游子之意，如浮云之无定，而故人之情，则如落日之西沉，望之而不能见也。子之马从舟而去，吾之马入城而回，二马萧萧长鸣，木若有离群之感。非惟人不忍别，马亦不忍离也。

送友人入蜀

李　白

见说蚕丛路，崎岖不易行。
山从人面起，云傍马头生。
芳树笼秦栈，春流绕蜀城。
升沉应已定，不必问君平。

【王相注】

蚕丛，帝喾之后，始封于蜀者也。

秦栈，即汉中府入蜀之栈道也。

君平，蜀人严遵，汉成都卖卜者也。

太白送友入蜀诗，意曰：西蜀，古蚕丛之国，崎岖险阻，人不易行也。路窄而径曲，山当人面，壁陡而立。山气障而多云，如烟如雾，从人马首而忽生忽灭。栈道羊肠九折，而树木参差笼映。中有深泉，从高而下，南流入蜀而绕其城郭。吾闻成都昔有贤者严君平卖卜，今或亦有高人隐此。然子之迁于蜀也，升沉是皆有命存焉。虽有善卜，亦不必问也。

次北固山下

王　湾

客路青山外，行舟绿水前。
潮平两岸阔，风正一帆悬。
海日生残夜，江春入旧年。
乡书何处达？归雁洛阳边。

【王相注】

北固山，在镇江府北。

言舟行江边，经于北固山下，因作诗，曰：江行客路过于青山之下，江舟之行，则于绿水之前。春水未至，潮水平流，两岸之地多阔。西风正而舟帆高挂以催，顺流而东。天未明而放舟，夜已残而日出。地近海隅，日生最早也。时值新正，而立春则在去岁之末，是春色之早也，则吾离家已远，乡书将何所达乎？惟俟归鸿之便，传之于洛阳而已。

王湾，洛阳人，仕至荥阳簿。盛唐。

苏氏别业

祖　咏

别业居幽处，到来生隐心。

南山当户牖，沣水映园林。
竹覆经冬雪，庭昏未夕阴。
寥寥人境外，闲坐听春禽。

【王相注】

咏于友人苏氏别馆而作此诗。言子之园林静雅，可谓幽居矣。吾来此处，见山水之佳胜，高士之清旷，令人生栖隐之心焉。终南之山则当于门牖，沣水之流则绕映园林。经冬之雪，尚留于竹梢。花木掩映，蔽日之光，未至于夕，而重阴密覆。幽寂之境，人声不到，但听春鸟之鸣而已。其潇洒得意之情，自见于言外也。

祖咏，范阳人，仕至驾部员外郎。盛唐。

春宿左省

杜　甫

花隐掖垣暮，啾啾栖鸟过。
星临万户动，月傍九霄多。
不寝听金钥，因风想玉珂。
明朝有封事，数问夜如何。

【王相注】

子美为左拾遗时，值宿夜，故止于门下左省。

掖垣，宫门左右掖之墙，即省中也。

言宫花隐于掖垣，昏夜而不得见。但见投枝之鸟啾啾而觅宿也。星斗灿然欲动，照临于万户。皓月当天，而光明于九霄。宫门欲启，必有锁钥传呼之声。侍臣于五更而起，听之最早也。朝马既动，则宫外必有鸣珂之响，故因风动而思朝臣之将至也。封事，封章也。因天明而欲上朝奏事，故不暇而数问侍者夜之明否也。

杜甫，京兆杜陵人，仕至工部员外郎。盛唐。

题玄武禅师屋壁

杜　甫

何年顾虎头，满壁画沧洲。
赤日石林气，青天江海流。
锡飞常近鹤，杯渡不惊鸥。
似得庐山路，真随惠远游。

【王相注】

此子美题画壁之诗也。

顾恺之，字虎头，晋人，善画。

梁僧宝志与白鹤道人皆欲居潜山，武帝以二人皆有灵通，令各以物志其地。道人则放鹤，志公则挥锡杖，并飞入云中。比鹤至山，则锡杖已先飞至，卓立于山矣。帝各以所止之处而筑居焉。

昔有高僧乘木杯渡海而来，因名杯渡禅师。

子美言禅师二壁图画已久，非名手不能画此沧洲之景，疑是虎头之笔也。但见日生于海，其光映于林石之间。浩浩然江海之波，倏升于青天之际。禅锡之飞，时近乎白鹤；木杯之渡，不惊于水鸥。而吾之得入于此寺也，如游乎庐山之路，常随晋高僧惠远之游。盖以远公比禅师，以陶公自况也。

终南山

王　维

太乙近天都，连山到海隅。
白云回望合，青霭入看无。
分野中峰变，阴晴众壑殊。
欲投人处宿，隔水问樵夫。

【王相注】

太乙，终南山之别名，为洞天之最，故曰天都。其山连亘数千里，至于大海之隅。中峰之北为秦，为雍州，井、鬼之分。其南为蜀，为梁州、荆州，翼、轸之分，故曰分野。

摩诘言终南之广大深远如此。忽而白云迷漫，望之如合。忽而青葱翠霭，近之则无。分野之广，连跨于三州。阴晴之变，不同于万壑。山深旷野，一望无际，向晚欲止宿于人家，则不知其处，隔水询问于樵夫，始知村舍之地也。

寄左省杜拾遗

岑　参

联步趋丹陛，分曹限紫薇。
晓随天仗入，暮惹御香归。
白发悲花落，青云羡鸟飞。
圣朝无阙事，自觉谏书稀。

【王相注】

岑为右补阙，居中书右省。子美为拾遗，居门下左省。同居禁中，故赠之以诗。言与子同趋于丹阶之间，分左右省而居，间于中书省之东西。中书省有紫薇花，故曰限紫薇。天子临朝，则补阙、拾遗同入而侍于帝侧。向晚退朝，则身沾御香而归省。人老而白发生，花落而青春去，故动暮年之悲。士贵如入青云，宦达快于飞鸟，故动迟暮之羡也。自为补阙之官，时值盛明，朝政无阙可补，无事可谏，故谏职常闲而封事稀少也。

岑参，南阳人，仕终嘉州刺史。盛唐。

登总持阁

岑 参

高阁逼诸天，登临近日边。
晴开万井树，愁看五陵烟。
槛外低秦岭，窗中小渭川。
早知清净理，常愿奉金仙。

【王相注】

阁在终南山之半，岑参登而赞之也。言逼近于诸天之佛界，登临而上，觉红日之近也。方天霁晴明，则长安万井之树无不在吾目中。而下看五陵，烟树迷漫，邱墓萦远，则动人之愁思也。秦岭在长安之东，俯槛而观，则秦岭在其下。渭川绕长安之北，其川中之水弥漫，由窗中窥之，反觉其小，即此悟佛理之清静焉。

登兖州城楼

杜　甫

东郡趋庭日，南楼纵目初。
浮云连海岱，平野入青徐。
孤嶂秦碑在，荒城鲁殿馀。
从来多古意，临眺独踌躇。

【王相注】

兖州，古称东郡。

子美父闲，曾为兖州司马。子美时省父，故曰趋庭。兖州有南楼，甫登而纵目焉。兖州有泰岱之山，近于东海，浮云时起，竟接于青、徐之地，平野沃壤。峄山之上，有秦皇之碑，高耸于山，犹孤嶂焉。汉宗室鲁恭王有灵光殿，今已无存，但有宫城荒地而已。兖州名郡，古迹犹多，登楼临眺，不胜踌躇之感也。

杜少府之任蜀州

王　勃

城阙辅三秦，风烟望五津。
与君离别意，同是宦游人。
海内存知己，天涯若比邻。
无为在歧路，儿女共沾巾。

【王相注】

子安送友仕蜀意也。

三秦,西京之地。

五津,西蜀之地。

言西蜀为秦中之藩辅,而风烟万里,望五津之远而难至也。今日分手,君自南而我自北,与子同是离乡作宦之人,虽山川间阻而同居四海之内,但知己之心常存,则天涯之远,犹比邻而居也。何必于临歧别路,效儿女子之悲,涕泪沾濡巾帕耶!

王勃,字子安,龙门人。高宗时为朝散郎、沛王修撰。初唐。

送崔融

杜审言

君王行出将,书记远从征。
祖帐连河阙,军麾动洛城。
旌旗朝朔气,笳吹夜边声。
坐觉烟尘扫,秋风古北平。

【王相注】

崔为节度使,掌书记官也,将从主将出征,而杜赠之以诗也。言君方命将出师,君为书记之官而远从征于幕府也。出郊送行者为祖道之饯。祖帐,张筵而列帐也。言朝臣送饯之多,自宫阙之外而连续于河洛。三军之众,旗麾之盛,震动于洛城。时帝居东都,故言洛阳城也。言军行朔北,朝迎北边之朔气,夜则屯军吹笳以警卫,皆边城之音也。书记但安坐军中,不须用武,而大将自能扫净烟尘。而北地秋风寒凉之早,是以不免怀君于万里之外也。

扈从登封途中作

宋之问

帐殿郁崔嵬，仙游实壮哉！
晓云连幕卷，夜火杂星回。
谷暗千旗出，山鸣万乘来。
扈游良可赋，终乏掞天才。

【王相注】

掞，音赡，拂也，犹动天颜也。

嵩山，在登封县。高宗祀嵩山，延清扈从车驾，既祀而献诗以颂也。

天子之行，则以锦帐围绕，如宫殿然，故曰帐殿。

言锦帷登于崔嵬之山，则天子不亚神仙游于五云之中，何其壮观也！晓云之出，连接于帷幕。夜烛之光，杂明星之灿，皆言高也。山谷之转，蔽暗而不见人行，但见千旌万旗高出于云中。昔汉武帝登嵩山，山有声而鸣，如呼万岁者三。万乘，即天子之驾。言今高宗，亦若有臣而迎万乘也。小臣扈从圣主宸游，应宜献赋以颂君德，但学识浅陋，愧无掞天之才以献耳。自谦之辞也。

宋之问，字延清，仕高宗、武后、中宗为学士。初唐。

题义公禅房[1]

孟浩然

义公习禅寂，结宇依空林。
户外一峰秀，阶前众壑深。
夕阳连雨足，空翠落庭阴。
看取莲花净，方知不染心。

【王相注】

义公，唐高僧。孟公赠以诗，曰：公安禅寂静之处，结舍于空林之下。户外孤峰耸，阶前壑水深清。雨足而夕阳晚出，庭阴而空翠时侵。公之居，可谓幽寂。公之心，可谓澄静，如青莲之一尘不染也！

醉后赠张九旭

高　适

世上漫相识，此翁殊不然。
兴来书自圣，醉后语尤颠。
白发老闲事，青云在目前。
床头一壶酒，能更几回眠？

---

① 《四部丛刊》景明本《孟浩然集》卷三题作“大禹寺义公禅”，四库本《全唐诗》卷一百六十题作“题大禹寺义公禅房”。

【王相注】

张旭，行第九。饮中八仙之一，工书法，人谓之“草圣”。好饮而不羁，又谓之“张颠”。玄宗时为书学博士，达夫与之饮，醉后而赠以诗也。言世人轻务结交而漫相识，公则寡交，惟知工书好饮而已。当酒兴来时，挥毫染翰，如云烟变幻，愈出愈奇，人称“草书之圣”。既醉之后，醉饮豪放，语无伦次，犹极颠狂。白发而不求闻达，惟闲居自乐为事。近承天子诏为书学博士，日侍龙颜，以代宸翰，无暇高卧而狂饮矣。公常好饮，床头置酒，醒则饮而又眠，觉则又饮而复卧。今则置身于天子之侧，恐不能自遂其豪饮之兴矣。

高适，字达夫，沧州人。历官邢部侍郎、散骑常侍，封渤海侯。盛唐。

玉台观

杜　甫

浩劫滕王造，平台访古游。
彩云萧史驻，文字鲁恭留。
宫阙通群帝，乾坤到十洲。
人传有笙鹤，时过北山头。

【王相注】

高祖子滕王元婴为阆州刺史时所建，故诗多用王子故事。道家谓宫观阶基为浩劫。言此观为滕王所造。观有玉台焉，犹梁孝王之平台也。台上有彩云，疑是穆公女弄玉之婿萧史驻于云间。碑上有文字，滕王所遗，犹鲁恭王已逝，而灵光殿中文字犹存也。宫阙则通于诸天之群帝，图画则集十洲三岛之神仙。清夜之时，闻有笙声鹤唳，时过北山，疑王子晋缑山之音也。

观李固言司马题山水图[1]

杜　甫

方丈浑连水，天台总映云。
人间长见画，老去恨空闻。
范蠡舟偏小，王乔鹤不群。
此生随万物，何处出尘氛？

【王相注】

氛，音分。

李固言相德宗，在代宗时曾为司马，有山水图卷，所画皆名山仙迹，李有诗题其后，故子美亦和而题之也。言瀛洲、方丈在大海之中，天台缥渺于云霞之外，君于人间长见此画也，惜吾老不能游于五湖之内。或有王子晋之笙鹤，翎翮翛然，不同于凡画，则图画之极工也。但吾此生随万物之浮沉，安能潇洒出于风尘之外哉？

旅夜书怀

杜　甫

细草微风岸，危樯独夜舟。
星随平野阔，月涌大江流。

---

① 《续古逸丛书》景宋本《杜工部集》卷十三、四库本《全唐诗》卷二百二十六题作“观李固请司马弟山水图”。

名岂文章著？官应老病休。
飘飘何所似？天地一沙鸥。

【王相注】

子美罢官，栖泊舟中，夜月有怀而作也。言春江两岸，草细风微。而吾孤舟夜泊于此，但见两岸空阔，一望无际，惟有明星照映，野旷天低，若依于地。少间月出于大江之上，如随江潮而起，影逐波流而动也。因思寄浮名于世，岂为文章而著？窃微禄于朝，今因老病而休矣。此身漂泊何似？如沙鸥泛泛于天地之间也。

登岳阳楼

杜　甫

昔闻洞庭水，今上岳阳楼。
吴楚东南坼，乾坤日夜浮。
亲朋无一字，老病有孤舟。
戎马关山北，凭轩涕泗流。

【王相注】

坼，音策，境界也。

子美言：我昔闻洞庭之广，惜未之见。今且得上此楼，而洞庭毕见矣。其地东至于吴，南尽于楚，若此其巨。其水上泊于天，下没于地，日夜俱浮矣。因思孤旅于此，并无一字之知交。老病休放，惟有孤舟之漂泊，而北方扰攘，戎马纷纭，家信不通，关山难越，但依楼北望，长叹而流涕泪而已。

江南旅情

祖　咏

楚山不可极，归路但萧条。
海色晴看雨，江声夜听潮。
剑留南斗近，书寄北风遥。
为报空潭橘，无媒寄洛桥。

【王相注】

媒，犹寄书人也。

咏旅寓于吴，思乡而作也。楚山尽于丹阳，过此则吴地。今已近东海，则归路太远而萧条。东海日出，霞色鲜晴，则知雨之将至。吴江腾涌而澎湃，则知夜潮之方来。书剑飘零，时近于南斗之下。家音迢递，如北风吹雁侣，能南来而不能北往也。吴潭之橘方熟，惜道远无人以寄洛阳也。

祖咏，洛阳人，驾部员外。盛唐。

宿龙兴寺

綦毋潜

香刹夜忘归，松清古殿扉。
灯明方丈室，珠系比丘衣。
白日传心净，青莲喻法微。
天花落不尽，处处鸟衔飞。

【王相注】

刹,寺前幡竿也,后因名寺曰刹。

禅室曰方丈。僧,一名比丘。

佛以牟尼珠系比丘之衣,维摩诘说法,天女散花,皆出释典。

綦毋潜春游而假宿于龙兴寺,因作诗曰:春游于香刹,夜宿而忘归。庭前之松,清风肃肃于古殿禅扉之外。禅灯炯炯,则于方丈之中。诸僧夜课,尼珠系于法衣之间。禅心之静,朗于白日;妙法之喻,洁于青莲;禅机之奥,精微如是!宜乎天女散花诸佛之前,落之不尽者,则山鸟衔之而飞去也。

綦,音基。

綦毋潜,字季通,荆南人,官著作郎。盛唐。

破山寺后禅院[1]

常　建

清晨入古寺,初日照高林。
曲径通幽处,禅房花木深。
山光悦鸟性,潭影空人心。
万籁此俱寂,惟闻钟磬音。

【王相注】

寺僧有创为别室者,曰禅院。

言方早而日初出,照于高林之上,但见石径斜曲而通于幽隐之处。禅房之外,花木丛深,清香可挹。山光宕漾,群鸟悦而栖鸣;潭影澄清,人心乐

① 天禄琳琅丛书景宋临安本《常建诗集》卷上、四库本《全唐诗》卷一百四十四题作“题破山寺后禅院”。

而空寂。一尘不染，万籁无声，惟闻钟磬之音，徐度于林树之外也。

常建，开元中进士，为盱眙尉。盛唐。

题松汀驿

张　祜

山色远含空，苍茫泽国东。
海明先见日，江白迥闻风。
鸟道高原去，人烟小径通。
那知旧遗逸，不在五湖中。

【王相注】

驿在东吴。

此过吴访友不遇，题诗于驿壁也。言山色之远，接于碧天。东南多水而卑下，故曰泽国。东南近海，日出最早。江水作浪而泛白波，但闻风声之迅急。鸟飞翔于高原，人烟达通于小路。吴有震泽，是名五湖。我来访耆旧隐逸之士，谁知已避地，莫知其乡而不在五湖中矣。

张祜，南阳人，处士，乔居丹阳。中唐。

圣果寺

释处默

路自中峰上，盘回出薜萝。
到江吴地尽，隔岸越山多。

古木丛青蔼[①]，遥天浸白波。
下方城郭近，钟磬杂笙歌。

【王相注】

圣果寺，在杭州城南凤凰山。

处默，越僧，游杭至圣果寺而咏诗。

言自凤凰山之中峰而上，其径盘回纡僻，绕出于萝薜，而始至也。寺依山东，极于江侧，吴之地尽矣。江东岸则为会稽越地，但见隔岸群山之远叠也。古木参差，青葱霭翠。遥天江水，白波一色。俯首而视，则城郭环绕，居市罗列。禅林钟声，湖上笙歌，无不闻也。

释处默，晚唐。

野　望

王　绩

东皋薄暮望，徙倚欲何依。
树树皆秋色，山山惟落晖。
牧人驱犊返，猎马带禽归。
相顾无相识，长歌怀采薇。

【王相注】

无功因隋乱而隐东皋，闻唐兴有感而作也。

薄暮，言隋祚已尽。

① "蔼"，明末毛氏汲古阁刻本《唐僧宏秀集》卷九、四库本《全唐诗》卷八百四十九作"霭"。

徙倚，何依，言无真主可依也。

树树秋色，比隋末群雄割据，皆不以仁，如秋天肃杀之气而无阳春之暖也。

山山落晖，言群盗终不久而败亡也。

“牧人”二句，指唐之将兴，四征而天下咸服，奏凯而归焉。马带禽归，言受命成功，掳诸降王而入唐也。后二句，自寓欲仕唐而无知识引进之士，但长歌咏啸，有怀夷、齐之采薇，为西山之隐也。其意谓士无人君之求、宰相之举，进不以礼，不如隐之为愈也。

王绩，一名勣，文中子通之弟[①]，隋官正字。避乱隐东皋，号东皋子，又称斗酒学士。初唐。

送别崔著作东征

陈子昂

金天方肃杀，白露始专征。
王师非乐战，之子慎佳兵。
海气侵南部，边风扫北平。
莫卖卢龙塞，归邀麟阁名！

【王相注】

即杜审言所送之崔融也。崔以儒臣为东征书记[②]，参预军事，子昂赠诗以规之也。言白露后霜降，而秋金肃杀，王者始命大将专征不服。盖王者

① 王相本原作“侄”，误。据惧盈斋本《旧唐书》卷一百九十二、清佚存丛书本《唐才子传》卷一改为“弟”。

② 王相本原作“西征书正”，误。据《四部丛刊》景明本《陈伯玉文集·送著作佐即崔融等从梁王东征序》卷七改为“东征书记”。

之师，非欲于战斗，本欲安静边疆，不以杀戮为武也。子与主将参其军务，慎勿以佳兵为功。

佳兵者，好杀也。《老子》曰："佳兵者，不祥是也。"

南部，近边之敌居北海。

北平，通言地之边界。

言子之用兵，当如海气边风，威令之肃，自能服南部之戎，扫北平之乱。末二句，深戒之辞。卢龙，即北平边塞。甚言切莫或受金纵敌，或献帛求和，画地以界戎，戮民以充俘，奏功于朝，冒膺封爵，自以为麟阁功臣，而了无惭愧也。

携妓纳凉晚际遇雨[1]

杜　甫

落日放船好，轻风生浪迟。
竹深留客处，荷净纳凉时。
公子调冰水，佳人雪藕丝。
片云头上黑，应是雨催诗。

【王相注】

工部行乐之诗也。言五月舟中之乐，宜停舟避暑。日将落则宜放舟，风轻浪细，徐徐而行也。至于竹深林密，可以留客。荷香人静，可以纳凉。公子自调冰水以饮客，佳人亲削藕丝以侑觞，谓藕方初生，削之细碎如雪也，可谓乐矣。而片云忽覆于上，渐黑而欲雨矣，想为催吾辈之诗而来乎！

---

① 《续古逸丛书》景宋本《杜工部集》卷九、四库本《全唐诗》卷二百二十四题作"陪诸公子丈八沟携妓纳凉晚际遇雨二首"。

其　二

雨来沾席上，风急打船头。
越女红裙湿，燕姬翠黛愁。
缆侵堤柳系，幔卷浪花浮。
归路翻萧飒，陂塘五月秋。

【王相注】

此诗承上章之意。言雨之斜来，沾濡于席上。风之迅急，浪打于船头。越女、燕姬，言舟中妓女，南北不一。雨既久，客衣皆淋漓，越女惯见舟船，故红裙虽湿而自若。燕姬不谙水性，见舟之摇震，恐其颠覆而眉黛颦愁也。缆则系于堤柳，而舟摇席动；浪则浮于帐幔，而水卷风飘。及至雨歇而归，人皆萧飒而无兴。陂塘水乡，风侵夜凉，衣湿人倦，盛夏五月，俨如深秋矣。

宿云门寺阁

孙　逖

香阁东山下，烟花象外幽。
悬灯千嶂夕，卷幔五湖秋。
画壁馀鸿雁，纱窗宿斗牛。
更疑天路近，梦与白云游。

【王相注】

云门寺阁，在绍兴云门山。

逖，燕人，而南游于越，登云门寺阁而作也。

言阁在东山之下，烟云缭绕，花气芬芳。夜而悬灯，则千嶂群山皆暝。昼而卷幔，则五湖秋色侵眸。但观画壁，半已漶漫，犹馀鸿雁可观。夜宿山房，则极其高峻，惟见斗牛在空。恍疑地势之高，与天相近，故魂梦之中，悠悠荡荡常在白云之上也。

秋登宣城谢朓北楼

李　白

江城如画里，山晚望晴空。
两水夹明镜，双桥落彩虹。
人烟寒橘柚，秋色老梧桐。
谁念北楼上，临风怀谢公。

【王相注】

昔齐谢朓曾为宣城内使，有楼存焉，故太白登楼而作诗。言江外之城，方秋而景色凄清，眺如图画。高楼之下，有宛溪、句溪二水，分绕郡城，各有一桥。言二水环流，如明镜之相映。双桥对起，如长虹之对悬也。人烟村落，多栽橘柚，秋深而寒则遍地皆香。梧桐已飘零殆尽，则知秋色已老。谁人有兴登此北楼之上，临风而有怀千古之谢公也哉？

临洞庭[1]

孟浩然

八月湖水平，涵虚混太清。
气蒸云梦泽，波撼岳阳城。
欲济无舟楫，端居耻圣明。
坐观垂钓者，徒有羡鱼情！

【王相注】

浩然南游洞庭有感而作。言秋深洞庭，水落潮平，澄清荡漾，而天光云影上下相映也。

云泽、梦泽，二水名，在楚，二水常合为一，故曰云梦。言洞庭之气郁蒸而为云梦也。洞庭之波直抵岳阳城下，故云波撼。撼，摇也。

前四句，寓言国家承平，文德武功，被乎四海。后四句，言己之不遇也。言欲济大川，苦无舟楫，寓汲引无人也。欲端居而隐，则有圣明在上而不仕，是邦有道贫且贱焉，耻也。因坐观湖上之钓叟，徒羡其得鱼之多，而己无与焉。古人云："临渊羡鱼，不如退而结网。"谦言己之学未足，故人不知，而空羡他人之遇也。

过香积寺

王　维

不知香积寺，数里入云峰。

[1] 四库本《全唐诗》卷一百六十题作"望洞庭湖赠张丞相"。

古木无人径，深山何处钟？
泉声咽危石，日色冷青松。
薄暮空潭曲，安禅制毒龙。

【王相注】

香积寺，在长安南，子午谷中。

摩诘过寺游行，登云峰而作。言初不知此寺之幽邃，径行不数里而入于云峰之下，但见古木参天，人迹罕到，钟声隐隐，不知何处飘来。流泉之响，咽于危石；日色之冷，蔽于青松。时将薄暮，聊于水潭一曲之近，学高僧安禅静坐而憩息焉，以制毒龙之扰也。毒龙，比诸欲之害身，故宜制之，方可入道。

送郑侍御谪闽中

高　适

谪去君无恨，闽中我旧过。
大都秋雁少，只是夜猿多。
东路云山合，南天瘴疠和。
自当逢雨露，行矣慎风波。

【王相注】

唐时谪降之官，多仕闽广。侍御谪闽南也，达夫送之以诗，曰：君之谪也，君无恨焉，此地我亦尝居之矣。大者秋雁不过岭，闽中则少雁，但闻秋猿多悲啸于岭头。由浙而东入于闽，则云山高峻而连合。广之东西则多瘴疠，闽之南旷和而无瘴气。子以直道谪官，圣朝雨露之恩，不久召子还朝，当勉力而行，慎此风波之险也。

秦州杂诗

杜　甫

风林戈未息，鱼海路常难。
候火云峰峻，悬军幕井干。
风连西极动，月过北庭寒。
故老思飞将，何时议筑坛？

【王相注】

子美弃官，避地秦州，有感而作《杂诗》二十首，此其一也。

风林、鱼海，皆在朔方边塞。

幕井，军中之井也。

飞将，汉李广，人号飞将军也。

言风林之干戈不息，鱼海之地兵塞而难行。秦州候望烽火之山，则高峻而难登。秦地久旱，悬幕之土井则枯竭而无水。边风之烈，土漫于天，西极之星，为之摇动。边城无论冬夏则寒，秋月初，北边之寒已至矣。边城之故老，思得雄勇之大将如汉之飞将军李广者，方可以破敌而安边。今天子何时方筑坛而拜之乎？望之之切也。

禹　庙

杜　甫

禹庙空山里，秋风落日斜。
荒庭垂橘柚，古屋画龙蛇。

云气生虚壁，江声走白沙。
早知乘四载，疏凿控三巴。

【王相注】

禹庙，在忠州。

子美寓蜀，至忠州而谒禹庙之作也。

四载，大禹治水乘载也，以四物载身而行，谓水行乘舟，陆行乘车，山行乘樏舆，泥行乘橇也。

三巴，忠州在西，控引三巴之地，谓巴县、巴东、巴西，其水三折如巴字也。

子美言大禹之庙在空山之中，当秋风夕阳之时，寂无人迹，惟橘柚之树，列于空庭；龙蛇之象，画于古殿；四壁之间，云气生焉；江水之声，白沙满地。思神禹开山，自此以来，控三巴，导大江之水于万里而来也。其疏九河、通九江，乘四载而勤劳胼胝之功如此，其不易也！

望秦川

李　頎

秦川朝望迥，日出正东峰。
远近山河净，逶迤城阙重。
秋声万户竹，寒色五陵松。
有客归欤叹，凄其霜露浓。

【王相注】

秦川，自函谷西至陇，皆曰秦川。

李颀罢职而出长安，感慨之作也。曰：吾出郭起行，东望秦川也，太阳正出于东峰之上。方清秋之际，远近之间，山川明静。凭高而视，列县诸州，大小城地，逶迤隐显皆在吾目中矣。而四野之秋声，生于万林之竹籁；苍茫之寒色，生于五陵之松涛。而长安之游客有“归欤归欤”之叹者，愁行道之凄，其惧霜露之零落也。

李颀，东川人，开元进士，新乡尉。盛唐。

同王征君洞庭有怀①

张　谓

八月洞庭秋，潇湘水北流。
还家万里梦，为客五更愁。
不用开书帙，偏宜上酒楼。
故人京洛满，何日复同游？

【王相注】

谓以尚书郎出使夏口，与客泛舟洞庭所作也。潇湘在洞庭之南，其水北流入洞庭。言八月洞庭之秋色已深，潇湘北流而游人不能中返。还家之思，空有万里之忧。独醒之客，徒生五更之愁而已。闲视书帙，烦闷顿生。同上酒楼，离忧可解。而所怀之故人，除子之外，在长安洛阳者众，今得与子同游，何日复与诸子同游哉？

张谓，字正言，天宝进士，礼部侍郎。盛唐。

① 四库本《全唐诗》卷一百九十七题作“同王征君湘中有怀”。

渡扬子江

丁仙芝

桂楫中流望，空波两畔明。
林开扬子驿，山出润州城。
海尽边阴静，江寒朔吹生。
更闻枫叶下，淅沥度秋声。

【王相注】

扬子，唐置扬子县，即瓜埠。

仙芝为馀杭尉，渡江而作。言渡此长江，摇桂楫至中流而四望也。空波浩渺，南北分明，北望而林木丛杂，则扬子之驿也；南瞻而山色苍茫，则润州之郡也。江尽处则达于海，时平则边警肃静。秋深则江水生寒，至中流而北风起，俨然冬月之朔风也。而江渚之中，枫叶飘飘，逐舟而至，其秋声淅沥，可动行客之悲也。

仙芝，曲阿人，馀杭尉。盛唐。

幽州夜饮

张　说

凉风吹夜雨，萧瑟动寒林。
正有高堂宴，能忘迟暮心。
军中宜剑舞，塞上重笳音。
不作边城将，谁知恩遇深。

【王相注】

幽州，今京师，唐范阳。

燕公巡边城宴之作。言凉风生而夜雨至，北地寒而林木萧瑟矣。言堂之上与诸君会宴，暂忘年迟岁暮之思耳。军中之乐，以舞剑为欢；塞上之音，以吹笳为曲。则吾与诸君饮此宴而享此乐，皆圣主之恩也。不至边庭，安知此乐哉？

附录一 《千家诗》作者资料辑录

谢枋得传

谢枋得，字君直，信州弋阳人也。为人豪爽。每观书，五行俱下，一览终身不忘。性好直言，一与人论古今治乱国家事，必掀髯抵几，跳跃自奋，以忠义自任。徐霖称其"如惊鹤摩霄，不可笼絷"。

宝祐中，举进士，对策极攻丞相董槐与宦官董宋臣，意擢高第矣，及奏名，中乙科。除抚州司户参军，即弃去。明年复出，试教官，中兼经科，除教授建宁府。未上，吴潜宣抚江东、西，辟差干办公事。团结民兵，以扞饶、信、抚，科降钱米以给之。枋得说邓、傅二社诸大家，得民兵万馀人，守信州，暨兵退，朝廷核诸军费，几至不免。

五年，彗星出东方，枋得考试建康，擿似道政事为问目，言："兵必至，国必亡。"漕使陆景思衔之，上其稿于似道，坐居乡不法，起兵时冒破科降钱，且讪谤，追两官，谪居兴国军。咸淳三年，赦，放归。德祐元年，吕文焕导大元兵东下鄂、黄、蕲、安庆、九江，凡其亲友部曲皆诱下之，遂屯建康。枋得与吕师夔善，乃应诏上书，以一族保师夔可信，乞分沿江诸屯兵，以之为镇抚使，使之行成，且愿身至江州见文焕与议。从之，使以沿江察访使行，会文焕北归，不及而反。

以江东提刑、江西招谕使知信州。明年正月，师夔与武万户分定江东地，枋得以兵逆之，使前锋呼曰："谢提刑来。"吕军驰至，射之，矢及马前。枋得走入安仁，调淮士张孝忠逆战团湖坪，矢尽，孝中挥双刀击杀百馀人。前军稍却，后军绕出孝忠后，众惊溃，孝忠中流矢死。马奔归，枋得坐敌楼见之，曰："马归，孝忠败矣。"遂奔信州。师夔下安仁，进攻信州，不守。枋得乃变姓名，入建宁唐石山，转茶坂，寓逆旅中，日麻衣蹑屦，东乡而哭，人不识之，以为被病也。已而去，卖卜建阳市中，有来卜者，惟取米屦而已，委以钱，率谢不取。其后，人稍稍识之，多延至其家，使为弟子论学。天下既定，遂居闽中。

至元二十三年，集贤学士程文海荐宋臣二十二人，以枋得为首，辞不起。又明年，行省丞相忙兀台将旨诏之，执手相勉劳。枋得曰："上有尧、舜，下有巢、由，枋得名姓不祥，不敢赴诏。"丞相义之，不强也。二十五年，福建行省参政管如德将旨如江南求人材，尚书留梦炎以枋得荐，枋得遗书梦炎曰："江南无人材，求一瑕吕饴甥、程婴、杵臼厮养卒，不可得也。纣之亡也，以八百国之精兵，而不敢抗二子之正论，武王、太公凛凛无所容，急以兴灭继绝谢天下。殷之后遂与周并立。使三监、淮夷不叛，武庚必不死，殷命必不黜。夫女真之待二帝亦惨矣。而我宋今年遣使祈请，明年遣使问安。王伦一市井无赖、狎邪小人，谓梓宫可还，太后可归，终则二事皆符其言。今一王伦且无之，则江南无人材可见也。今吾年六十馀矣，所欠一死耳，岂复有它志哉！"终不行。郭少师从瀛国公入朝，既而南归，与枋得道时事，曰："大元本无意江南，屡遣使使顿兵，令毋深入，待还岁币即议和，无枉害生灵也。张宴然上书乞敛兵从和，上即可之。兵交二年，无一介行李之事，乃挈数百年宗社而降。"因相与痛哭。

福建行省参政魏天祐见时方以求材为急，欲荐枋得为功，使其友赵孟迎来言，枋得骂曰："天祐仕闽，无毫发推广德意，反起银冶病民，顾以我辈饰好邪？"及见天祐，又傲岸不为礼，与之言，坐而不对。天祐怒，强之而北。枋得即日食菜果。

二十六年四月，至京师，问谢太后欑所及瀛国所在，再拜恸哭。已而病，迁悯忠寺，见壁间《曹娥碑》，泣曰："小女子犹尔，吾岂不汝若哉!”留梦炎使医持药杂米饮进之,枋得怒曰:“吾欲死,汝乃欲生我邪?”弃之于地,终不食而死,伯父徽明以特奏恩为当阳尉,摄县事,时天基节上寿,大元兵奄至,徽明出兵战死。二子趋进抱父尸,亦死。

论曰:刘应龙不附贾似道,冯去非不附丁大全,潘牥论皇子竑事,坎壈以终。洪芹讼吴潜,伟哉。赵景纬,醇儒也,而无躁竞之心,徐霖进则直言于朝,退则讲道于里。徐宗仁国亡与亡,异乎怀二心以事其君者也。危昭德经筵进对之言,悉载诸故史。陈垲能以意气感人,杨文仲当抢攘之时,犹能荐士,谢枋得嵚崎以全臣节,皆宋末之卓然者也。

(元脱脱等《宋史·谢枋得列传》卷四百二十五,中华书局,1977)

王相传记

《尺牍嘤鸣集》十二卷(内府藏本),国朝王相编。相字晋升,临川人。是书成于康熙己丑,采明末及国初简札,分十二类,类中又分子目四十有三,大抵轻佻纤巧,沿陈继儒等之余习。

(清永瑢等《四库全书总目》卷一百九十四,清乾隆武英殿刻本)

黎恂传记

曾祖考国柄,妣赵氏。祖考正训,县廪贡生,皇貤赠奉直大夫。妣邹氏,皇貤赠宜人。考安理,乾隆己亥举人,山东长山县知县,皇封奉直大夫。妣杨氏,皇封宜人。

先生讳恂，字雪楼，晚号拙叟，姓黎氏。本贯贵州遵义府遵义县乐安里人，年七十有九。其先自唐京兆尹干之孙植，徙居江西新喻。宋初有得叙者，官昌州刺史，后因居蜀之广安。明万历中又迁遵义，遂为县人。传二世，曰河池州判民忻，从来矣鲜高弟胡先生学，尽瞿塘《易传》，学者私谥文行。六传而至先生。

先生质沉厚颖悟，自六七岁已自刓厉如成人。时长山府君年四十馀，恒授徒给事畜，望先生切，教之严。视其日所背讽，每溢恒授。于同塾子所务，傲然睨为不足为，知必克大成也，禁毋弄笔效帖括。及省其私，则已蔚成文理矣，心窃喜之。

十六岁，补县学弟子员，逾年，食廪饩，每试必冠其列。中嘉庆庚午科举人，甲戌成进士。引见以知县用，签发浙江，授桐乡县知县。海内方承平，东南日益富庶。先生以不扰治之，正狱讼，弭盗贼，宽赋役，厘漕务，洁躬率下，期事有益于民。张考夫先生墓近郭，浸芜圮，先生为修其茔，缅兆域，理祀田。举杨园《愿学》《备忘》诸篇，谓邑士："士学程朱必似此，真体实践，始免金溪、姚江、高明之弊。"时复与讲论古今诗文辞，贤声著近远。长山府君喜有子，解组来观政，杨太君亦挈妇孺至自家。先生公馀辄怡然侍左右，承教唯唯如儿时，退则弹琴咏歌，声闻垣外。常曰："人以进士为读书之终，我以进士为读书之始。诚得寸禄，了三径资，事亲稽古，吾志也。"

任桐乡五年，充丙子、戊寅、己卯同考官，所得士如李侍郎品芳、余侍郎焜、朱郡守恭寿诸人，后皆著名绩。某抚军过郡境，阴廉属吏，适拾无名帖，具诸劣状，独言桐令贤。旋调知归安县，未行，丁长山府君忧，道光辛巳回籍，明年复丁杨太君忧。及释服，先生年甫强仕，念两亲俱逝，无与为荣，澹然有守墓终焉之志，遂引疾家居。尽发所藏书数十箧，环列仅通人，口吟手披，朱墨并下。经则以宋五子为准，参以汉魏诸儒。史则一折衷于《纲目》，论诗宗少陵、眉山，而自屈、宋至朱、王，无不含咀也。于文尚韩、欧阳，而自荀、庄至方、姚，无不度权也。如是者十馀年，先生之学，乃始澔汗乎莫睹其涯涘矣。

久之，顾食指日增，家啬时不给，曰："远志其不免小草乎？"因起病赴部选拣，发云南。甫至，即充乙未科同考官，旋权知平夷县。县入滇首驿，缺瘠民犷，命盗案时发。任岁馀，送迎勘讯，赔贷不赀。丁酉调权新平县，未至，充本科同考官。及出闱，县夷蔡刁氏煽邪教，谋不轨，事作，大吏促之往。先生三昼夜驰至，已二更，即会新习营弁兵，兼调土练，黎明鼓行逼夷寨，多方剿捕，获蔡母子三及伪置总督以下四十馀人，槛解赴省。请于颜抚军伯焘曰："此案实缘夷苦汉奸，图复仇，非叛也。某若以多杀希大功，不仅缉此，即此亦宜轻论。"颜公然之，自蔡以外皆免死。

明年，权沅江州，旋补授大姚。莅任四月，明年调权云州。时缅宁回匪与湖广客民械斗，回多死，志必报复。约州回亦杀所在湖民。先生至，谕服之。旋以细故期斗日，又谕之，事寝矣。而镇道以安抚至，回以买羊汉人起衅，拥众千馀，胁镇道就理。镇道慑不出，势将变。先生坐堂，皇呼其酋至，叱曰："汝曹欲反耶？"佥曰："不敢。"曰："既不敢，为一羊故，孰曲直，当诉我，且一二人辨矣，此纷纷者奚为？"挥众退，立与讯决，咸帖然。乃大吏不以先生为能弭乱于俄顷，而反恚之，旋撤任。

明年，领运一起京铜。故事，运员窃官铜多，多或至报沉失二三万斤，部费、私囊皆出此。先生曰："欺君事，我不为也。"及到部，果以费不足故困之，贷益始竣事。壬寅还大姚，先生知天下之乱将作也，云南之回祸无已时也，至即缮城隍，庀团练，严保甲，制戎兵，务为常变足恃。以县故无志，属邑人刘编修荣黼辑稿，手为点定，于山川、防隘尤详密，称善本焉。暇则课邑士文业，亲评改，无倦容。

甲辰，川匪王某结众烧梅市堡，渡金沙，入县境，据仁和街。先生督团攻之，斩首四百馀级，擒二百馀人。贼以溃，姚州回日益肆恶。丁未夏，兼知姚州。花衣村回已期七月十三起事矣，闻官至，谬请入其寨。先生坦然往，谕以利害，皆曰："唯。"私相谓："官胆略过人，且未刻，吾党勿妄动。"逾月，新任甫视事，回即烧诸村，围白盐井，氛逼大姚。先生督乡城防守，誓众以与城存亡。越两月，贼解。林文忠公时督滇，素知大姚团练整善，皆先生数年一手之力。至是，始卓异入奏，并取其规条，令下县仿行之。

戊申三月，永昌回变，文忠往剿。计霑益州待安辑，即委权州事。先生赴霑益州，途经姚州，回以为他官也，捶其觅馆奴。及知，遽迎入寨，诉曰："所犯已至此官，非公不能容。"涕而送之。过省，见程抚军矞采，陈办姚回事宜数十条。程公由八百里递文忠，文忠后如所策，获其酋二百馀名，姚回以平。己酉，仍回大姚。庚戌，题升东川府巧家厅同知，奉旨俞允，先生叹曰："吾本为贫仕，以赔累牵率到今，忽忽遂十六年，可休矣！"

明年，咸丰改元，称病归。时粤寇果发难，滇回益以不制，黔中事事弛纵，媒蘖祸本。先生每闻时政，辄愀然终日。而同时亲友旧交又死亡略尽，非复浙归时林下之味矣。居三年，避桐梓贼乱，寓石阡，还。越四年，湄潭、瓮安贼岁犯境，则避之板桥、桃溪源及城中。所到扫地焚香，翛然对卷，诸孙环诵于侧。其屋庐图籍虽毁尽，若忘也。去秋，里人结寨于禹门寺，因卜玉皇殿之右垣外居焉。帀一岁，以同治二年八月二十九日病终，距生于乾隆五十年三月二十一日，享年七十九岁。配周宜人，仁勤淑慎，偕臻耄耋，乡党以为难。子男五：兆勋，黎平府学训导，升湖北鹤峰州州判；兆熙，太学生，早死；兆祺，府学附生；兆铨、兆普。女子子三：长即珍室，次适举人杨华本，安化县学训导；次适太学生朱正儒，早死。孙男十三人，女孙几人，曾孙男二。先生惟一弟，曰开州训导恺，最友爱，中寿，卒官所。遗诸孤，抚教同己子。庶焘、庶蕃皆举于乡，庶昌以廪贡生应诏上书，陈时政称旨，优予知县，世论韯之。

先生生平不苟言笑，立不跛倚，坐必端，行亹如流，老无媵侍，暑无袒裼，非靧不科头，非疾不晏起。居处虽微物，度置必当。书卷经百十过常新整，若未触手。从仕数十年，家无玩好之藏，案无棋槊之具。子孙出入，多不识为宦家子也。其处宗族，芘有恤无，勉以仁厚。偶有横逆，不与校，犯者每自惭。其接人蔼蔼然，至不可意，辄正言毅色不少假。其居官不阿奉长吏，然亦未尝傲之，故久不升迁，而恒免掣肘，得遂其利民事。任大姚时，其团练获镇南州劫案贼数十人，于例得送部引见候升，适永北厅李某降调，求报案附名，即以获全犯功归之，使免处分。其淡于荣利率类此。

先生天赋既优，而自少至老好学不倦，即写付子孙读本，积之当盈数尺。晚年学养尤邃，年几八十，耳目神明不衰，朝至暮无闲时。望其色，听其言，观其行动，粹然君子儒也。为古今文，冲夷典雅，常若有馀，气息在庐陵、震川之间。于古今诗尤所长，早年落笔千言，纵横自恣，后出入唐宋，不主一家。以前贵州诗人，未能或之先也。著有《蛉石轩诗文集》《四书纂义》《读史纪要》《千家诗注》《北上纪程》《运铜纪程》诸稿，并藏于家。

先生临终之前日命珍："以行状属汝！"珍自成童即学于舅家，从先生数十年，亦以为能道先生，莫我若也。虽不文，其敢负遗命？故撮叙其平生本末大概，以请于蓄道德能文章之君子，庶作志传，得考而论定焉。谨状。

（清郑珍《巢经巢文集》卷五，黄万机、黄江玲校注，中央民族大学出版社，2013）

附录二 《千家诗》提要、序跋资料辑录

《分门纂类唐宋时贤千家诗选》二十二卷提要

宋刘克庄撰。克庄有《后村集》五十卷及《诗话》十四卷，《四库全书》已著录。兹其所选唐宋时贤之诗，题曰后村先生编集者，著其别号也。是书向来著录家所未见，惟国朝两淮盐课御史曹寅曾刻入《楝亭丛书》中，前后亦无序跋。案《后村大全集》内有《唐五七言绝句选》及《本朝五七言绝句选》《中兴五七言绝句选》三序，或锓版于泉、于建阳、于临安，则克庄在宋时固有选诗之目。此则疑当时辗转传刻，致失其缘起耳。书分时令、节候、气候、昼夜、百花、竹林、天文、地理、宫室、器用、音乐、禽兽、昆虫、人品十四门，每门附以子目，大致如赵孟奎《分类唐诗歌》。所选亦极雅正，多世所脍炙之什。惟中多错谬，如杜甫、王维、赵嘏诸人传诵七律，往往截去半首改作绝句，甚至名姓不符，然考郭茂倩《古乐府》，如"风劲角弓鸣"一律，截其上四句，题为《戎浑》。"莫以今时宠"一绝，加作八句，题为《簇拍相府莲》，则古人多有此例，不足以掩其瑜也。

（清阮元《揅经室集》卷一，《四部丛刊》景清道光本）

《分门纂类唐宋千家诗选后集》跋

影宋写本，半叶十一行，行二十一字，黑口，左右双阑，存后集卷三投献门，卷四庆寿门，卷八馈送门，卷九谢惠门，卷十谢馈送门，凡

五卷。每门标题用大字，占双行，上加黑盖子，门内分目亦大字，首尾标题下有阴文“后集”二字，诗题上标“唐贤”“宋贤”“时贤”三类，亦用白文，此亦闽坊相沿之旧习，它书常有之。

按：宋刊原本杨惺吾得之日本，故卷中多有日人点抹之迹，后归之徐积馀。此帙乃缪筱珊前辈借除本影写者，跋语载于《艺风堂藏书记》中，筱珊殁后，藏书星散，余于陈立炎肆中得之，影摹虽未为精丽，然楮墨明净，犹具雅风，可资研玩。其宋刊本今已展转入北京大学藏书楼中矣。

考曹氏所刻《后村千家诗》，自时令至昆虫凡二十二卷为《前集》。此残本五卷及曹本末二卷乃《后集》，余意曹氏授梓时未及见此，或以其残缺不完而置之，故此《后集》自宋以后无刊本也。甲申二月二十日，藏园志。

（傅增湘《藏园群书题记》，上海古籍出版社，1989）

《刘后村千家诗选》跋

《分门类纂唐宋时贤千家诗选》，宋刻本，半叶十一行，行二十一字。积馀得之日本，检曹楝亭刻本校之，行数字数均合，尚存卷一、二、三、四、八、九、十、十一、十二、十三、十四、十五、十八、十九、二十，为前集。又卷三投献门、四庆寿门、八馈送门、九谢惠门、十谢馈送，为后集。前集欠五、六、七、十六、十七五卷。后集欠一、二、五、六、七五卷。十卷以后，不知有无缺逸。曹刻共二十二卷，二十卷为前集，与此合。后集止存二卷，均人品门，为此本所无，但不知当在何卷耳。又，前集后留一叶，均系访僧道诗，今亦无此门。《后村大全集》所载《唐贤诗选》《唐贤诗续选》《宋贤诗选》《近贤诗后选》，均与此不合,不必强为附会。前集皆物类,后集皆人事类,曹刻不知是刻是钞,大约亦不全,为书估强合,挖去前后集字,以充全帙,亦其长技。曹本卷十一潘紫岩《松诗》末句“此物当为伯仲行”,曹本“此物”下缺五字;赵循道《苔钱诗》“不比榆花铺砌白”,曹本“不比”下缺五字。卷十四刘后村《登山诗》“扪萝莫怪徐徐下”,曹本“徐徐”上缺四字。卷十八刘后村《闻笛诗》“何必谢公双泪落”,曹本脱“泪落”二字;武元衡《角诗》“胡儿吹角汉城头”,曹本脱“胡”字。均逊于此本。又,此书止有曹刻,各书目均未见,《阮文达外集》亦未能悉其始末。赖此本尚存天壤,俾见是书真面目,虽零珠碎璧,亦可宝也。

(清缪荃孙《艺风堂文续集》卷七,清宣统二年刻)

《校后村千家诗选》跋

此《诗选》为曹楝亭刊本。凡二十二卷,一、二时令,三、四节候,五气候,六昼夜,七、八、九、十百花,十一竹林,十二、十三天文,十四、十五地理,十六宫室,十七器用,十八音乐,十九禽兽,二十昆虫,二十一、二十二人品。余假得宋刊本校之,宋本标题下有“前集”二字,曹本无之。宋本至卷二十止,目录存残叶亦然,曹本乃有人品门二卷。故艺风前辈谓原本前集实止二十卷,其人品二卷乃后集错入者,疑曹氏所得非全本,为书估强合,挖去前、后集字,以充全帙。其说颇为确当,然非得见宋本又何从知其误耶!曹刻缺字据宋刻补完者五处,艺风已备述之,然各卷讹字赖以改订,人名脱漏者赖以补正,其佳胜之处尚不能悉举,惟阙佚者五卷无从访求,殊足惜耳。甲申二月二十三日,藏园识。

(傅增湘《藏园群书题记》,上海古籍出版社,1989)

《沈瑶岑集千家诗》序

自集诗法兴，而继之者集古，集唐，集三百篇，集陶诗、杜诗，集乐府、诗馀、长短句，而独无有集宋人诗者，则以宋人诗之记之者之少也。盖不记则不能集，不记则读之者亦不以为集之者之巧。是以集诗万首，莫如泗上施助端教，然除所记外，漠漠而已。如此，则与自作何异焉？今人好宋诗，而皆不能记，苏、黄、杨、陆，掩卷茫然。予尝取《千家诗》示之曰："一团茅草乱蓬蓬，此宋诗也。"沈子瑶岑，乃取是诗而集之。骤读之而惊，既而颐解，又既而心旷神豁，拍桌叫快。事犹是孩竖所诵，谙于心而熟于口，而乃曳白妃黑，移子而换午，耳目变幻，一至于此。今人好刀，大食、百辟，岂有畸制，乃杂取庄山之铜，历山之金，冶百以为一，涣然若冰释，烂然若芙蓉之出于塘。今人亦好裘刳豹以为襜，刲狸首以为袪，缀千羊之皮，以为三英五纶而浮光集，翠千纯百结之名，其价什倍，然则集诗虽小道，其亦足以见其裘，见其冶有如是也。

（清毛奇龄《西河集》卷五十一，清文渊阁《四库全书》本）

《新注韵对千家诗》序

自功令以八韵取士，海内学者蒸然向风，莫不户诵家弦谐声振采矣。盖八韵固与八比同重也，而其长而用之，童而习之，则亦与文无异。于是王晋升先生之《千家诗》出焉，李笠翁先生之《韵对》续焉。或为之敷其讲，或为之分其注，或为之详其字音，或为之晳其句品。凡诸先进之所以嘉惠后学，启迪蒙幼者罔弗至，而父兄、师长之教弟子，亦莫不使之。日置案头，口吟手披，此诗学所以蒸蒸日上也。独是部，名既多，卷帙尤繁，穷巷僻壤之间，下里孤寒之士，诚不免得此遗彼之憾。

适过坊友，见有《新选五七千家》，正文则诗篇也，额笔则《韵对》也。讲义注解，厘然并陈；辨俗正误，灿乎可睹。翻阅一过，爱其无美不备，众善皆收。展一卷而数卷在其中，置一编而群编寓其内，诚诗律之嘉本，初学之津梁也。亟劝付之枣梨，以公同好。学者苟得是书，而溯源穷流，扬芳摛藻，将见树帜骚坛，蜚声翰苑，用以敷圣天子雅化之隆也，岂不庥哉！

时在旃乙丑年八月望后一日，黼臣王汝麒书于郡城之学琴精舍。

（清王汝麒《校对无讹·新注韵对千家诗》，甲寅孟冬镌，德和堂藏板）

《注千家诗》序

《尚书》曰："诗言志，歌永言。"又曰："敷奏以言，明试以功。"而明良一歌即为千古应制之宗。至成周盛时，雅颂作于上，风俗成于下。君明臣良，与虞廷敷奏无异。

今我皇上文思浚哲作日新，特命春秋两闱易表判，增五言八韵律诗一首，海内人士蒸然向风。自丁丑迄今，亦越数载，其间所刻排律、律诗善本如林，惟《千家诗》一选。余自束发时即授受于塾师，每以少注解释义为歉。后过余友任子处，检其箧中，见有《千家诗》一部，句解字释，名之曰《会义直解》。余阅一终，不觉鼓掌称善。且其上更有《百花诗》若干首，俱各风雅宜人，因劝其付之枣梨，以公当世，裨初学之士，因流穷源，则由此而树帜藻坛，赓歌雅化也不难矣，是为序。

嘉庆丁丑仲春重刊发干弟邓云龙天池氏拜题。

（清任来吉《注千家诗》，同治元年刻，锡山蔡赐锦堂藏板）

《千家诗注》序

俗本《千家诗》，传布已久，村塾童子，罔不记诵。其中唐诗少，宋诗多，律绝仅百数十首，率皆显明易解之作，以此启迪童蒙甚便。第原本题目，间与正集不符，作者姓字，亦多舛误。曾有为之注者，虽字解句释，如《四书》讲章然，而于讹舛处毫不考正，事实亦未注明，殊非善本。

昔尝就原诗钞录，备载作者名字、里居、官爵，洎平生出处大概，欲使初学诵其诗而知其人。诗中人物、地名，非注不明者，及其诗经前贤评论，足以长人识见、启人悟机者，并为检阅群书，随手录载四旁，以授儿辈诵读，暇辄与之讲贯。

儿子日长大，此册阁置箧笥多年矣。去秋自滇归里，复取而雠校，增辑各条，重录以教诸孙，定为家塾课本。郑甥子尹见之，以为可以并教乡里子弟，遂偕儿辈付诸剞劂，余弗能禁也，因为叙其缘起如此。

咸丰壬子季夏，遵义黎恂纂。

（清黎恂《千家诗注》，光绪十五年黎氏家集本）

《千家诗注》序

宋刘后村《千家诗选》，世弆家闻尚有其书，顾未之见也。俗间行者，为诗仅百二十五首，作者仅八十人，而亦称“千家诗”，不知钞自何时何人。其所录率律绝，明易无艰棘之作，以故城郭村僻，书儿自诵“四子”以上，鲜不读者。即妇人女子，亦往往都能倍记。诗选之在南中，盖未有脍炙如此本者也。

然其于唐宋名大家，载不及小半。当读之诗，更不及百分之一。斯已若邓林一株，丹穴片羽也已，而犹然徒口读之，曾不能识一古人、晓一古事、知一托兴摅怀之所在，虽成诵如流水，何益?

舅氏黎雪楼先生之言诗，神明于古人，南中未有或之先者。前三十年，既以诗法授珍辈内外昆弟，而二三幼者，课暇辄拈此令诵之，随即校之注之，细书四旁以与讲说。珍亦时耳于侧，故得闻所以校注之意甚详。

先生谓一代名硕，多不过数十人，其道德文章师百世者，固宜俎豆奉。即但论文章，为世不废，亦后人师也。而举不识其爵里字谥，甚至一启口辄呼其名。后来学问，不尚渊源，未必非轻蔑前辈之故，得尽罪子弟乎？夫有所受之也。至弟子所读，先入为主，不正俗本之误，后将转以正本为非。若名大家诗，无一字无来历，字句苟一说即了，必缕曲引证，反胶泥其聪明。至本事本旨，不称载前说，又无以引其灵悟而鼓舞其幼志，使知世间书之当读者多。此其为童子计，思即是粗选，诱之入于高明宏达之途者，用意最为切至。

珍欲持公之初学久矣！去年，先生以贰守归里，方手钞是册授诸孙，乃请于先生曰:“古人致仕老乡里，大夫名父师，士名少师，而教学焉。今先生于乡，父师也，论教子弟作诗，此注何足尽？然譬之欲令泛海，当由门前之溪始。且天下事，即众趋者而顺导之，则易为功也。是注也，既善，且稿定，盍即以教乡子弟?”先生不我拒也。爰与诸内弟勘而刻之，而书先生所以校注此选之意，及珍欲公之初学之私如此。

咸丰二年岁次壬子，六月既望，受业甥郑珍谨撰。

（清黎恂《千家诗注》，光绪十五年黎氏家集本）

《注解千家诗合刻韵府对语》开言

《千家诗》，宋谢叠山先生选，止有七言，邑前辈任氏附以五言，行世已久。是刻五言，姑仍原选七言，增王维《雨中春望》一首，以其立言得体。足殿前数篇应制之作，俾知颂扬圣德，固非徒事谀辞也。杜甫《秋兴》诗，叠山选四（一、三、五、七），今皆增入，以八章一线穿成，不容割裂，且古今鸿裁，尤以得睹全豹为快。

旧本原注，相传成于琅琊王晋升先生。为童蒙解说，固宜以浅近为要，然浅为其易解，非俗陋始谓之浅也。近为其易知，非鄙俚始谓之近也。如介甫诗"春色恼人眠不得"，解作"无端春色恼乱人心，欲眠不得"，情理全无。昌黎诗"最是一年春好处"，解作"一年丰稔膏雨之泽，故曰'春好处'"，俗陋不通。东坡《上元侍宴》，题有明文，解作"早期杜牧诗、贾至诗：银烛，烛也"，皆注为月光。尤可笑者，"纱帽闲眠对水鸥"，解作"脱帽于几上，人闲眠，帽亦闲眠"。韩湘乃昌黎侄孙，注为"昌黎之侄"，诸如此类不可胜数。初学见闲以先入者为主，此等鄙俗臆说，一经污染，泄银河之水亦难洗涤。余虽不知晋升，晋升必不至是，其为好事者之托名无疑。

是编笺释典故，先标书名，继录事实。为童蒙计，必求的确详尽，其一事两说者，不嫌分载，而事兼疑似者则不敢冒登。

解者解其所当解，非强作解人，而解吾之解也。况《千家诗》如话如画，疏瀹性灵，为童蒙解耶！然古人兴至，矢音而绘形，传神情之寓于不言中者，多在承接上下虚字口吻之间。故必设身处地寻其意趣，知所寄托，使读者能得作者之心，则解者皆其所当解，始能以古人之性灵，疏瀹童蒙之性灵。不然，反不如不解之为愈也。徒为唐突古人，究于童蒙何益？

字学为童蒙第一义，破体减笔，贻误匪小！兹刻悉遵字典厘正，点画无讹，且恐童蒙习焉不察，附录《字体辨俗》于三卷之末。

平仄失贴，皆由韵字不熟。名场中因一二字黜落，追悔何及？兹编《韵字应用》者，标诸简首，朗如列眉。而字同音异，字同义异，或平仄兼收及不兼收，附刻《韵字考异》于册末，俾童而习焉，搦管之际，自能依咏和声，何至有失贴之虑！

押韵不稳，多由腹笥空虚，局于对仗。兹编择《韵府对语》浅显雅驯者，每韵字下，分载四耦，诚能触类旁通，拈毫搦管，断无不稳之韵，而典故之不可胜用，犹其馀事。

任氏五言之选，嘉惠后学，洵属无量，但所登者过廉，不无遗珠。而盛唐五律，实吟坛楷模，诗学根本，童蒙尤宜多读，以笃栽培。尝于课读之暇，取诸名家善本，及幼时诵习者，有广五言《千家诗》之选，五绝则取节短韵长。悉本天籁，以求涵养性灵。五律则取端庄流丽，不纤不浮，必推正雅之音。期与试帖有裨。凡属宫词艳体，语涉冶荡愁怨者，概不敢登。若与任选汇为一编，庶成全璧。但以刊刻未久，不暇重订，因附赘数言于此。

仲夏之月武水许世铵识。

（清许世铵《重订千家诗韵对合刻》，文兴堂梓，光绪戊寅重刻）

《唐诗三百首》序

世俗儿童就学，即授《千家诗》，取其易于成诵，故流传不废。但其诗随手掇拾，工拙莫辨，且止五七律绝二体，而唐、宋人又杂出其间，殊乖体制。因专就唐诗中脍炙人口之作，择其尤要者，每体得数十首，共三百馀首，录成一编，为家塾课本。俾童而习之，白首亦莫能废，较《千家诗》不远胜耶？谚云："熟读唐诗三百首，不会吟诗也会吟。"请以是编验之。

（清蘅塘退士《唐诗三百首》，陈婉俊补注，中华书局，1959）

《国学典藏》丛书已出书目

周易［明］来知德 集注
诗经［宋］朱熹 集传
尚书 曾运乾 注
周礼［清］方苞 集注
仪礼［汉］郑玄 注［清］张尔岐 句读
礼记［元］陈澔 注
论语·大学·中庸［宋］朱熹 集注
孟子［宋］朱熹 集注
左传［战国］左丘明 著［晋］杜预 注
孝经［唐］李隆基 注［宋］邢昺 疏
尔雅［晋］郭璞 注
说文解字［汉］许慎 撰

战国策［汉］刘向 辑录
［宋］鲍彪 注［元］吴师道 校注
国语［战国］左丘明 著
［三国吴］韦昭 注
史记菁华录［汉］司马迁 著
［清］姚苧田 节评
徐霞客游记［明］徐弘祖 著

孔子家语［三国魏］王肃 注
（日）太宰纯 增注
荀子［战国］荀况 著［唐］杨倞 注
近思录［宋］朱熹 吕祖谦 编
［宋］叶采［清］茅星来等 注
传习录［明］王阳明 撰
（日）佐藤一斋 注评
老子［汉］河上公 注［汉］严遵 指归
［三国魏］王弼 注
庄子［清］王先谦 集解
列子［晋］张湛 注［唐］卢重玄 解
［唐］殷敬顺［宋］陈景元 释文
孙子［春秋］孙武 著［汉］曹操 等注

墨子［清］毕沅 校注
韩非子［清］王先慎 集解
吕氏春秋［汉］高诱 注［清］毕沅 校
管子［唐］房玄龄 注［明］刘绩 补注
淮南子［汉］刘安 著［汉］许慎 注
金刚经［后秦］鸠摩罗什 译 丁福保 笺注
维摩诘经［后秦］僧肇等 注
楞伽经［南朝宋］求那跋陀罗 译
［宋］释正受 集注
坛经［唐］惠能 著 丁福保 笺注
世说新语［南朝宋］刘义庆 著
［南朝梁］刘孝标 注
山海经［晋］郭璞 注［清］郝懿行 笺疏
颜氏家训［北齐］颜之推 著
［清］赵曦明 注［清］卢文弨 补注
三字经·百家姓·千字文
［宋］王应麟等 著
龙文鞭影［明］萧良有等 编撰
幼学故事琼林［明］程登吉 原编
［清］邹圣脉 增补
梦溪笔谈［宋］沈括 著
容斋随笔［宋］洪迈 著
困学纪闻［宋］王应麟 著
［清］阎若璩 等注

楚辞［汉］刘向 辑
［汉］王逸 注［宋］洪兴祖 补注
曹植集［三国魏］曹植 著
［清］朱绪曾 考异［清］丁晏 铨评
陶渊明全集［晋］陶渊明 著
［清］陶澍 集注
王维诗集［唐］王维 著［清］赵殿成 笺注
杜甫诗集［唐］杜甫 著［清］钱谦益 笺注
李贺诗集［唐］李贺 著［清］王琦等 评注

李商隐诗集［唐］李商隐 著
［清］朱鹤龄 笺注
杜牧诗集［唐］杜牧 著［清］冯集梧 注
李煜词集（附李璟词集、冯延巳词集）
［南唐］李煜 著
柳永词集［宋］柳永 著
晏殊词集·晏幾道词集
［宋］晏殊 晏幾道 著
苏轼词集［宋］苏轼 著［宋］傅幹 注
黄庭坚词集·秦观词集
［宋］黄庭坚 著［宋］秦观 著
李清照诗词集［宋］李清照 著
辛弃疾词集［宋］辛弃疾 著
纳兰性德词集［清］纳兰性德 著
六朝文絜［清］许梿 评选
［清］黎经诰 笺注
古文辞类纂［清］姚鼐 纂集
乐府诗集［宋］郭茂倩 编撰
玉台新咏［南朝陈］徐陵 编
［清］吴兆宜 注［清］程琰 删补
古诗源［清］沈德潜 选评
千家诗［宋］谢枋得 编
［清］王相 注［清］黎恂 注
瀛奎律髓［元］方回 选评
花间集［后蜀］赵崇祚 集
［明］汤显祖 评
绝妙好词［宋］周密 选辑
［清］项絪 笺［清］查为仁 厉鹗 笺

词综［清］朱彝尊 汪森 编
花庵词选［宋］黄昇 选编
阳春白雪［元］杨朝英 选编
唐宋八大家文钞［清］张伯行 选编
宋诗精华录［清］陈衍 评选
古文观止［清］吴楚材 吴调侯 选注
唐诗三百首［清］蘅塘退士 编选
［清］陈婉俊 补注
宋词三百首［清］朱祖谋 编选
文心雕龙［南朝梁］刘勰 著
［清］黄叔琳 注 纪昀 评
李详 补注 刘咸炘 阐说
诗品［南朝梁］锺嵘 著
古直 笺 许文雨 讲疏
人间词话·王国维词集 王国维 著

戏曲系列

西厢记［元］王实甫 著
［清］金圣叹 评点
牡丹亭［明］汤显祖 著
［清］陈同 谈则 钱宜 合评
长生殿［清］洪昇 著［清］吴人 评点
桃花扇［清］孔尚任 著
［清］云亭山人 评点

小说系列

儒林外史［清］吴敬梓 著
［清］卧闲草堂等 评

部分将出书目

公羊传
穀梁传
史记
汉书
后汉书
三国志
水经注
史通
日知录
文史通义
心经
文选
古诗笺
李白全集
孟浩然诗集
白居易诗集
唐诗别裁集
明诗别裁集
清诗别裁集
博物志
温庭筠词集
封神演义
聊斋志异